스타일이프

스타라이프

1판 1쇄 찍음 2018년 5월 24일
1판 1쇄 펴냄 2018년 5월 31일

지은이 | 정사부
펴낸이 | 정 필
펴낸곳 | 도서출판 **뿔미디어**

편집장 | 김대식
기획 · 편집 | 문정흠

출판등록 | 2002년 9월 11일 (제1081-1-132호)
주소 | 경기도 부천시 원미구 소향로 17번길(두성프라자) 303호 (우) 14544
전화 | 032)651-6513 / 팩스 032)651-6094
E-mail | bbulmedia@hanmail.net
비북스 | http://www.b-books.co.kr

값 8,000원

ISBN 979-11-315-9054-6 04810
ISBN 979-11-315-8292-3 04810 (세트)

BBULMEDIA FANTASY STORY

흐녀비 II

CONTENTS

Chapter 1

아직 봄은 오지 않았다

3월, 계절적으로는 봄이 시작되는 시기였지만 촬영장 주변은 아직도 봄과는 거리가 먼 것인지 눈이 소복하니 쌓여 있었다.

쎄앵. 쎄앵.

간간이 칼바람이 불어오는 통에 쌓인 눈이 날리며 차가운 바람과 함께 옷깃 안으로 스며들었다.

"으음."

수현은 옷깃 안으로 스며드는 찬 기운을 떨치기 위해선지, 아니면 그냥 본능적인 작용인지 옷깃을 여몄다.

그러면서 촬영장 한 켠에 모여 떠들고 있는 사람들을 쳐다보았다.

왁자지껄. 웅성웅성.

그곳엔 현대 복장과 중국 전통 복장을 한 사람들이 한데 모여 떠들고 있었다.

하지만 그런 것이 수현의 눈에는 그다지 들어오지 않았다.

그는 현재 드라마 촬영을 하던 중 잠시 쉬는 시간이 되어 다른 배우들과 떨어져 쉬고 있는 중이었다.

이번에는 중국 드라마에 캐스팅이 되어 한국이 아닌 중국에서 드라마 촬영이 이뤄지고 있었다.

때문에 개인적으로 친한 배우가 없어 사람들 속에 합류하는 대신 혼자 떨어져 휴식을 취하고 있는 것이다.

그렇게 혼자만의 시간을 가지다 보니 이런저런 생각들이 떠올랐다.

특히 지난 4개월간 있었던 많은 일들이 하나둘 머릿속에 떠올랐다 사라지고, 또 다른 기억이 떠올랐다 사라지길 반복했다.

데뷔 때부터 승승장구를 하던 수현에게 데뷔 3년 차였던 작년은 참으로 힘든 시간이었다.

아니, 정확하게는 하반기부터 참으로 험난하였다.

주변에서 루머와 악플 등이 쏟아지면서 더 이상 수현이 한국에서 활동을 하지 못할 정도였다.

설마 다른 사람도 아니고 수현에게 그런 루머와 악플이 쏟아질 일이 생길 줄 누가 알았겠는가.

작년 한 해 수현은 인기 아이돌 그룹인 로열 가드의 리더로서 최정상의 인기를 누리고 있었고, 또 연기자로서도 연기를 인정받아 두 번째 들어가는 배역에서는 주연을 맡기도 했다.

하지만 옛말에 호사다마라고 했던가? 좋은 일에는 마가 낀다는 말처럼 그렇게 잘나가던 수현이 주연을 맡은 드라마가 종영이 되기 무섭게 갑자기 스캔들이 터졌다.

친한 톱스타 최유진과 연관된 스캔들이었다.

그렇지만 소속사나 당사자들은 그 스캔들 기사를 그리 신경 쓰지 않았다.

그도 그럴 것이, 증거라고 나온 사진이 별거 아닌 것이었기 때문이다.

하지만 그것이 잘못이었다.

스캔들 기사를 내보낸 인터넷 언론사나 증거 사진이 그렇게 대단하지 않았기에 얼마 지나지 않아 흐지부지될 것이라는 생각에 평소처럼 무대응으로 나갔는데, 오히려 그것이 의혹을 키운 꼴이 되었다.

아니, 정확하게는 정치권에서 자신들의 잘못을 감추기 위해 별것도 아닌 수현과 최유진의 스캔들 해프닝을 조작하였다.

국민들 정서에 민감한 사실이 밝혀지는 것을 막기 위해, 국민들의 시선을 다른 곳으로 돌리는 데 연예인의 스캔들만 한 것이 없다는 것을 너무도 잘 알고 있는 정치권이었다. 최고의 인기 남자 아이돌과 월드 스타급의 여자, 그것도 비슷한 또래도 아니고 젊은 남자 아이돌이 나이가 많은 여자 연예인과 엮인 스캔들은 그동안 흔히 보았던 수준의 스캔들이 아닌 막장에 막장을 달리는 수준으로 확산되어 루머가 퍼져 나갔다.

　사태가 심각해지자 뒤늦게 수현과 최유진, 그리고 그 둘의 소속사인 킹덤 엔터에서 나서며 어떻게든 수습을 해보려 하였지만, 이미 사람들은 사건의 당사자가 하는 말보단 기자들이 자신들 입맛에 맞게 재단하고 양념을 첨가한 삼류 소설에 더욱 관심을 보일 뿐이었다.

　그 때문에 우울증이 호전되던 최유진은 병이 심해져 자칫 불상사로 번질 뻔하였으나 순간 캐치를 잘한 수현 덕분에 다행히 불상사를 막았다.

　하지만 더 이상 한국에서 정상적인 생활을 할 수 없다는 판단에 최유진은 전격적으로 연예인 생활을 접고 미국으로 우울증 치료를 위해 떠났다.

　사실 스캔들이 터져도 남자 연예인은 그렇게 타격을 받지 않지만 여자 연예인은 그렇지 못한 것이 현실이었다.

　그 때문에 스캔들이 터지고 난 뒤 수현은 방송 활동을 하

스타라이드

면서 기회가 될 때마다 자신의 무고함을 이야기할 수 있었던 데 반해 최유진은 수현과 다르게 팬들의 비난의 중심에서 악의적인 이야기들을 모두 들어야만 했다. 게다가 최유진에게는 핸디캡이 하나 더 있었다. 정상적인 상태였다면 자신의 인생 중 반 이상을 연예계에서 활동했던 것을 기반으로 슬기롭게 넘길 수 있었겠지만 우울증을 앓고 있던 상황이라 제대로 대처를 하지 못했다.

그러다 보니 최유진은 상태가 악화돼 결국 연예계를 은퇴한 것이다.

그렇게 최유진이 미국으로 떠나고 성난 팬들의 포화는 이제 혼자 남은 수현과 소속사인 킹덤 엔터에게로 돌아갔다.

병을 치료하기 위해 톱스타의 자리까지 버리고 떠나는 최유진에게 차마 더 이상 화살을 날릴 수 없었던 사람들에게 아직도 정상의 자리에 위치한 수현과 킹덤 엔터는 좋은 표적이 되었다.

그렇게 누군가의 조작으로 인해 마녀사냥을 당하던 수현과 킹덤 엔터는 그러나 그냥 호락호락 당하지 않았다.

아니, 수현이 호락호락하지 않았던 것이 아니라 소속사 사장인 이재명 사장이 호락호락하지 않았던 것이다.

악의적인 소문이 시간이 지날수록 마치 산불이 바람을 타고 더욱 번지듯 확산되는 것이 아무래도 정상적이지 않다고 판단한 이재명 사장이 조사를 한 결과, 해프닝으로 끝났을 스캔들 오보를 기정사실화하고 사람들의 관심을 자극하기 위해 삼류 에로 소설로 조작한 배후가 있음을 알게 되었다.

그리고 그들에게 반격을 하였다.

하지만 그들의 인맥은 너무도 끈끈했다.

수현과 킹덤 엔터가 기자회견을 하고 사건의 진실을 밝혔을 때만 해도 수현과 킹덤 엔터의 사장인 이재명은 자신들이 그린 그림대로 될 줄 알았다.

아니, 처음 얼마간은 그렇게 진행이 되었다.

그렇지만 정치인들이 괜히 정치를 하는 것이 아니었다.

사건의 당사자들은 사안이 사안인 만큼 여론에 밀려 자리에서 물러났다.

하지만 사건의 마무리는 그렇게 간단하지가 않았다.

여당 의원, 그것도 중진 의원과 그들 계파에 속한 의원 다수가 포함된 국회의원이 자리에서 물러나자 빈 의석을 채우기 위해 보궐선거가 치러졌다.

그러다 보니 여당에서는 발등에 불이 떨어지게 되었다.

간신히 야당을 누르고 제1당이 되었는데, 보궐선거에서 패하여 잃었던 의석을 되찾지 못하게 되면 제1야당인 민족통일당과 의석수에서 비슷해지거나, 아님 제1야당이 제2야당과 연대를 하게 되면 야당에 아예 의석수에서 밀리게 된다.

그리고 보궐선거의 결과도 결국 그렇게 나타났다.

여당 의원들의 부적절한 행위를 알게 된 국민들의 심판은 여당이 아닌 야당의 손을 들어주었다.

그 때문에 여당인 민족통일당은 보궐선거에서 하나의 의석도 찾지 못하고 모든 의석을 야당에 넘겨줘야 했다.

그 결과, 여당인 민주공화당과 제1야당인 민족통일당은 의석수에서 별 차이가 나지 않았다.

만약 야당이 연대를 하게 되면 국회에서 민주공화당은 많은 것을 양보해야만 하는 상황에 이르게 된 것이다.

그때부터였다. 킹덤 엔터에 느닷없이 세무조사가 들어오고, 킹덤 엔터에 속한 연예인들에게 여러 일들이 발생하였다.

별다른 이유 없이 출연 중이던 드라마에서 중간에 하차를 한다거나, 출연하기로 되어 있던 스케줄이 취소가 되기도 하였다.

거기다 계약을 했던 광고가 해지되기도 했다.

이쯤 되면 누가 킹덤 엔터를 공격한다는 것쯤은 일반 사람도 알 수 있을 정도였다.

하지만 그럼에도 불구하고 킹덤 엔터나 그에 속한 연예인들은 어떻게 하소연을 할 수도 없었다.

전방위적인 그들의 킹덤 엔터 죽이기에 도무지 방어를 할 수가 없었다.

그도 그럴 것이, 킹덤 엔터를 공격하는 곳이 킹덤 엔터보다 갑의 위치에 있기 때문이다.

그러다 보니 킹덤 엔터에 소속된 연예인들도 견디지 못하고 하나둘 계약 해지를 통보했다.

킹덤 엔터에서는 억울한 감도 있었지만 연예인들이 전속 계약 해지를 요구하자 두말하지 않고 해지해 주었다.

연예인이 기획사와 전속계약을 하는 이유는 좀 더 원활한 연예 활동을 하기 위해서인데, 그런 것들을 케어해 주지 못하는 입장에서 되레 소속 연예인에게 손해를 끼치는 상황이기에 어쩔 도리가 없었다.

그렇게 많은 연예인들이 킹덤 엔터를 떠났지만, 수현은 끝까지 킹덤 엔터와 계약을 해지하지 않았다.

물론 수현이 리더로 있는 로열 가드도 회사와 의리를 지킨다는 생각에 계약을 해지하지 않았다.

그 때문에 국내 활동을 하지 못하게 되었으나 그것이 꼭 로열 가드나 수현에게 나쁘게 작용한 것은 아니었다.

본진인 국내에서 정상적인 활동을 하지 못하게 되자 이재명 사장은 수현과 로열 가드를 국외 활동에 올인시켰다.

사실 로열 가드나 수현의 인기는 국내보다 오히려 해외에서 더욱 많았다.

로열 가드가 해외 공연을 하면서 그곳의 팬들에게 보답하기 위해 그들의 노래를 현지 언어로 번역해서 들려주었던 것이 해외 팬들을 감동시켰고, 그 이후로 공연이 보다 자주

스타라이트

있기를 바라는 팬들로부터 오래전부터 로열 가드의 좀 더 많은 해외 활동을 요구받아 왔기 때문이다.

사실 연예인의 국내 활동은 그렇게 많은 돈을 벌지 못한다.

연예인이나 기획사 입장에선 국내 활동도 물론 중요하지만, 돈을 벌기 위해선 해외 활동을 더욱 많이 하는 것이 더 큰 이익이었다.

그런데 스캔들로 인해 인기가 떨어졌을 거란 생각이 무색하게 수현이나 로열 가드의 인기는 더욱 높아져 갔다.

외압에도 굴하지 않고 끝까지 의리를 지키는 수현과 로열 가드의 모습에 팬들이 열광을 하는 것이다.

그동안 보여주었던 모습이 결코 꾸며낸 것이 아닌 진실된 모습이라는 것을 팬들이 깨닫고 호응을 준 덕분에 수현과 로열 가드를 찾는 해외 방송사들이 늘어났고, 자꾸 불어나는 해외 스케줄만으로도 킹덤 엔터는 정신이 없었다.

국내 일정이 줄고 소속 연예인들이 많이 떠나 운영이 힘들 뻔했지만, 로열 가드를 찾는 해외 방송사들이 늘어나면서 킹덤 엔터는 오히려 처한 상황이 다행이란 생각을 하였다.

그도 그럴 것이, 만약 그 많은 연예인들이 회사에 그대로 남아 있었다면 밀려드는 로열 가드의 해외 스케줄을 모두 수용하지 못할 뻔했기 때문이다.

스타가 해외 공연을 하는 데는 많은 인원이 필요하다.

국내 활동이라면 부족한 손을 프리랜서를 고용해 임시변통을 할 수 있지만, 해외 스케줄은 그렇게 할 수가 없다.

기존에 지속적으로 장기적인 해외 스케줄이 있었다면 현지에서 활동하는 스텝을 따로 고용했겠으나 로열 가드의 경우에는 그동안 그렇게까지 많은 해외 스케줄이 없었다. 때문에 해외 일정이 있어도 기존 스텝이 함께 움직여 왔다.

스케줄을 하는 스타도 해외 스케줄은 무척이나 힘들고 피곤하다.

그런 스타의 스트레스를 조금이라도 줄이기 위해선 그들을 케어하는 스텝들의 손발이 잘 맞아야 한다.

그렇기에 기획사들은 한 명의 스타가 해외 스케줄을 하게 되면 많은 스텝들이 따라가 스타들이 불편하지 않게 모든 것을 뒷받침한다.

그러다 보면 자칫 국내에 남은 소속 연예인들에게 소홀해질 수도 있는데, 킹덤 엔터는 외압에 의해 소속된 연예인들이 계약 해지를 함으로써 여유 인력이 발생했다.

자칫 회사 운영을 위해 직원들을 정리 해고할 수도 있었는데, 로열 가드와 수현을 찾는 해외 스케줄이 늘어나면서 오히려 적절한 인원 분배를 할 수 있게 되어 굳이 직원을 줄이지 않아도 되었다.

그 일환으로 수현도 지금 중국에 와 있는 것이다.

스타라이프

중국 텐진 TV에서 제작하는 무협 드라마 '대금위'에 출연을 하게 되었다.

  수현이 출연하는 대금위의 내용은 별다른 것이 없다.

  중국 명나라 시절 황제의 직속 친위대인 금의위에 관한 이야기다.

  금의위란 명나라 황제의 권력 기반 중 하나이며, 자체적으로 추포와 신문과 처벌을 할 수 있어 환관이 수장으로 있는 동창, 서창과 함께 공포정치를 주도한 기관이었다.

  다만, 대금위의 내용은 공포정치를 정당화하는 것이 아니라 환관들의 집단인 동창과 서창이 권력을 잡고 황제를 허수아비로 만들어 전국을 혼란스럽게 했다. 나라의 근간을 흔들자, 황제의 친위대인 금의위 중 군관들 일부가 들고일어나 환관들의 전횡을 혁파하고 또 환관들로 인해 문란해진 군정을 바로 세워 외세의 침략을 막아내고 결과적으로 나라를 구하고 또 주군인 황제까지 환관들의 손아귀에서 빼내 옹립하여 나라의 근간을 이룬다는 내용이다.

  전형적인 애국을 강조하고 나라에 충성하라는 내용의 드라마였다.

  그렇다고 드라마가 아주 재미가 없는 것은 아니었기에 수현이 출연을 하는 것이다.

  어차피 드라마나 영화는 그 나라의 사회상이 들어가지 않을 수 없다.

사회주의 국가인 중국이니 당연히 나라에 대한 충성을 강조하지 않을 수 없고, 그것은 굳이 사회주의 국가가 아니라도 흔히 들어가는 내용이라 수현이나 킹덤 엔터에서도 그냥 수용했다.

다만, 수현이 이 드라마에 출연을 결심한 것은 무협 드라마인 만큼 본인이 가지고 있는 무술 실력을 제대로 뽐낼 수 있겠다 싶어서였다.

탤런트 상점에서 구입한 신체 능력으로는 태권도뿐만 아니라 중국 무술인 팔극권이나 태극권 등도 있었다.

이들 재능을 마스터한 뒤로 수현은 이에 그치지 않고 시간이 날 때마다 여러 가지 운동이나 무술 등을 배우고 익혔다.

이 중에는 각국 특수부대들이 배운다는 살인 무술도 있고, 우리나라의 선무도나 기천도와 같이 각국에 전승되는 전통 무술도 있었다. 수현은 탤런트 상점에서 구한 태권도를 마스터하고, 또 그 뒤로 무술에 관심이 생겨 익히게 된 팔극권과 태극권 등도 마스터하자 새롭게 생긴 무술이란 카테고리의 레벨이 오르면서 포인트를 사용하지 않아도 조금의 수련만으로 어느 정도 수준이 올라갔다. 이를 본 수현이 좀 더 범위를 넓혀 무술을 익히게 된 것이다.

그리고 비록 많은 무술을 마스터하지는 않았지만 이제는 어느 정도 자신만의 무술을 정립할 수 있는 지경에 이르렀다.

그 때문에 텐진 TV에서 무협 드라마인 대금위에 대한 출연 제의가 오자 이를 수락한 것이다.

무술의 본고장이라 할 수 있는 중국 현지에 가서 그곳의 고수들을 만나 지도를 받는다면 본인이 가진 재능을 더욱 체계적으로 확립할 수 있을 것이란 생각이 들었기 때문이다.

실제로 대금위 촬영을 하면서 이곳 중국 무술 감독의 지도를 받으며 한국에서 무술 사범들에게 배웠던 것 이상으로 체계화할 수 있었다.

"一个人在這里想什么(혼자 여기서 무슨 생각을 하고 있어)?"

수현이 그렇게 지나간 일들에 대한 생각에 잠겨 있는데 누군가 다가와 말을 걸었다.

생각에 잠겨 있던 수현은 누군가 자신에게 말을 걸어오자 고개를 돌려 그를 쳐다보았다.

"噢, 快來. 龍(아, 롱. 어서 와)."

혼자 생각에 잠겨 있던 수현에게 말을 건 사람은 대금위에 출연하고 있는 중국 배우인 황카이였다.

황카이는 중국 내에서 4대천왕이라 불리는 인기 미남 배우이고 또 나이도 수현과 비슷한 스물아홉 살이었다.

수현보다 두 살이 많기는 했지만 황카이는 나이를 떠나

수현이 보여주는 능력에 반해 친구처럼 지내고 있었다.

물론 극 중에서도 수현의 동료로서 황제를 허수아비로 만들어 전횡을 일삼는 환관들에 맞서 싸우는 믿을 수 있는 동료이기도 했다.

수현은 외국인이면서도 원어민 이상으로 중국어에 능숙했기에 황카이와의 대화가 어색하지 않아 친해지는 데 별 어려움이 없었다.

사실 황카이가 4대천왕이라 불리며 높은 인기를 끌고는 있지만 촬영장에서 동료 배우들이나 스텝들과 그리 좋은 관계가 아니었다.

성격이 거칠고 오만해 자신보다 인기가 없다고 생각되면 깔보는 그런 성격이었다.

하지만 수현과 마주했을 때는 그러지 못했다.

일단 인지도에서 그에 못지않은 외국의 스타였고, 해외에서 그보다 더 높은 인기를 가지고 있기도 했으며, 또 위험한 장면에서도 대역 없이 직접 액션 촬영을 하는 등 자신보다 월등한 능력을 보였기에 소국이라 생각하는 한국에서 온 배우였지만 함부로 하지 못했다.

그러다 우연한 계기에 수현의 조언을 듣고 잘 풀리지 않던 연기가 좋아지면서 그와 친해졌다.

수현과 친해진 뒤로 오만했던 그의 성격이 조금 누그러지면서 촬영장의 분위기도 훨씬 좋아졌다.

그러다 보니 전반적으로 그에 대한 긍정적인 시선이 늘어나면서 황카이의 인기는 더욱 높아졌고, 그처럼 긍정적인 반응이 연속적으로 나오자 대금위의 촬영이 중반으로 넘어가면서 수현과 황카이는 나이를 떠나 친구가 되었다.

"무슨 생각을 하기에 불러도 모르는 거야?"

가까이 다가온 황카이가 밝게 웃어 보이며 물었다.

촬영 시간이 다 되어 수현과 다음에 찍을 장면에 대한 이야기를 하고 싶어 찾아왔던 황카이는 자신이 불러도 대답을 하지 않고 어딘가를 주시하며 멍해 있는 수현을 보고 물어본 것이다.

"아, 별거 아냐."

수현은 황카이의 질문에 조금 전 쉬는 시간에 생각하던 것들을 다시 한 번 떠올리며 피식하고 미소를 지어 보였다.

그런 수현의 씁쓸한 미소에 뭔가 좋지 못한 기억을 떠올렸다는 것을 깨달은 황카이는 미안한 표정을 지으며 사과하였다.

"이런, 내가 안 좋은 기억을 떠올리게 했나 보네. 미안해."

"아니야. 그런 거. 너도 내 스캔들은 들어보았을 거야."

수현은 작년에 있었던 자신의 스캔들에 대한 이야기를 꺼냈다.

"어. 나도 듣기는 했지만 좀 황당하더군."

사실 중국 내 스타의 스캔들도 아니고, 그렇다고 세계적으로 유명한 헐리웃의 스타도 아닌 한국의 연예인과 연관된 스캔들에 대해 중국인이 얼마나 관심을 가지겠느냐마는, 수현의 스캔들은 그런 것들과는 파급효과가 달랐다.

데뷔부터 아시아에서는 헐리웃의 대스타 못지않은 인기를 누리고 있는 최유진의 도움을 받아 데뷔를 한 수현이다.

한국의 인기 아이돌 그룹은 중국 내에서도 국내 인기 스타 못지않은 지명도를 가질 정도로 인기가 높은데, 수현이 포함된 로열 가드는 데뷔 초부터 여타의 한국 아이돌 그룹 이상의 돌풍을 일으키며 인지도를 넓혀갔다.

뿐만 아니라 각종 예능 프로그램에서의 활약상이나 드라마에서 보여주었던 무술 실력뿐만 아니라 현지인 못지않은 중국어 실력을 뽐내며 인기가 상승했다.

거기에 더해 화보 촬영차 갔던 필리핀에서 당시 발생한 쓰나미로 위기에 처한 팬을 구해내기도 했다.

그 모습이 마치 드라마 속에서 사랑하는 여인을 위해 몸을 던져 그녀의 애인을 구해내고 대신 죽음을 맞았던 보디가드와 매칭이 되면서 수현은 일반 인기 아이돌 스타를 넘어서는 지경에 이르렀다.

그러니 당연 그와 연관된 스캔들이 중국 내에서도 엄청난 관심을 보였다.

더군다나 스캔들 대상이 수현이 속한 그룹인 로열 가드의 데뷔에 큰 영향을 끼친 최유진과의 스캔들이었으니 관심을 보이는 건 당연했다.

그리고 사람들의 관심을 끌 만한 내용도 풍부했지 않은가. 20대 중반의 인기 아이돌 그룹 멤버이자 떠오르는 라이징 스타와 한 시대를 풍미했던 이혼 경력이 있는 30대 후반 여배우의 스캔들이었으니 당연 중국에서도 관심을 가지고 보도를 했었다.

그러다 보니 황카이도 그 스캔들을 듣지 않을 수 없었다.

하지만 그가 보기에는 별다른 것 없는 말 그대로 가십거리일 뿐이었다.

증거라고 해봤자 친한 선배 배우의 초대를 받아 함께 저녁을 먹은 것뿐이었다.

더욱이 혼자만 있었던 것도 아니고 매니저도 함께 했던 자리라는 것이 알려지면서 황카이는 관심을 끊었었다.

그런데 뒤늦게 관련된 여배우가 은퇴를 하고 병을 치료하기 위해 미국으로 갔다는 이야기를 듣고는 황당했다.

중국 기자들이 자기들 멋대로 기사를 쓰는 것 때문에 황카이도 여러 번 곤욕을 치른 적이 있었는데, 한국 기자도 그에 못지않다는 것을 깨닫게 되는 계기였다.

"그런데 정말로 기자들에게 그렇게 말한 거야?"

순간 뭔가 떠오른 황카이가 물었다.

"뭐?"

"그거 있잖아. 내 사생활도 기사에 쓰고 싶으면 돈을 내라, 하고 한 말 말이야. 정말 그렇게 말했어?"

황카이는 눈을 동그랗게 뜨며 물었다.

중국 언론들은 한국에서 수현이 기자회견을 한 내용을 내보냈는데, 그 타이틀이 방금 전 황카이가 한 말이었다.

팬들을 낚시하기 참으로 좋은 문구가 아닌가? 스타가 자신의 사생활을 보고 싶으면 돈을 내라는 말을 했다는 것 자체가 너무도 충격적이었기에 많은 사람들이 뉴스에 관심을 보였다.

"응, 사실이야. 내 직업이 연예인인 것이지, 내 사생활까지 모두 공개를 한다는 말은 아니잖아?"

"그렇지."

"그대로야. 내 초상권을 쓰고 싶으면 당연히 돈을 내야 하잖아? 그러기 위해서 소속사와 계약을 한 것이고. 방송국은 내 초상권을 사용하기 위해 많은 돈을 지급하고 있는데, 기자들은 돈 한 푼 내지 않고 내 초상권을 사용해서 돈을 벌려고 하고 있으니."

수현은 자신의 생각을 아무런 여과 없이 그대로 황카이에게 들려주었다.

그런데 이를 듣고 있는 황카이는 수현의 말이 맞는 것 같았다.

소속사는 연예인과 계약을 하여 초상권을 사들인다.

그리고 그것을 가지고 방송국이나 영화제작사와 계약을 한다.

또 방송국이나 영화제작사는 배우들과 출연 계약을 함으로써 이들의 초상권을 사용할 수 있는 권한을 획득한다.

물론 촬영이 끝나면 초상권 사용 기간도 끝나는 것이다.

자기의 초상에 대한 독점권. 인격권의 하나로, 자기의 초상이 승낙 없이 전시되거나 게재되었을 경우에는 손해배상을 청구할 수 있다.

즉, 연예인에게 초상권이란 돈과 직결된 일이기에 누군가 허락 없이 사용한다면 이를 막을 권리가 있는 것이다.

그런데 기자들은 알 권리라는 알 수 없는 이유를 들어 무단으로 사용하고 있기도 했다.

수현은 자신의 초상권을 침해하는 기자들의 행태를 꼬집으며 아무런 법적 하자가 없는 사생활을 이슈화하여 초상권을 침해한 기자들과 언론사에 기자회견 말미에 폭탄선언을 했었다.

자신의 초상권을 사용하려면 돈을 내라는 말을 방송에 대고 쏟아낸 것이다.

그 때문에 한동안 연예계는 물론이고, 사회 전반에서 수현의 말에 찬반 논란이 일었다.

찬성을 하는 쪽은 연예인이라도 사생활이 있다는 수현의 주장을 받아들이며 옹호하였고, 반대하는 이들은 유명인이 되어 돈을 벌고 있으니 사생활은 없다는 주장을 하며 더욱 수현을 성토했다.

그렇지만 대체적으로 연예인도 카메라 밖에서는 일반인과 같다는 생각이 점점 늘어나면서 연예인의 사생활도 보호를 해줘야 한다는 여론이 확산되고 있었다.

*　　　*　　　*

드르륵. 덜컹.

작은 문소리에 업무를 보고 있던 이재명은 고개를 들어 소리가 난 문 쪽으로 시선을 던졌다.

"후우."

사장실로 들어온 사람은 킹덤 엔터의 전무인 김재원이었다.

"그래, 갔던 일은 어떻게 되었나?"

이재명은 한숨을 쉬며 들어오는 김재원 전무를 보며 물었다.

"다행히 위약금 없이 해결 봤습니다."

"그래? 그들이 순순히 해지를 하자고 하던가?"

이재명은 눈을 동그랗게 뜨며 되물었다.

광고 모델이 국내 활동을 중단하면서 제품 홍보에 비상이 걸린 업체에서 순순히 계약 해지를 해주었다는 것이 쉽게 납득이 되지 않았기 때문이다.

광고주 입장에서는 어떻게 하든 최대의 효과를 내기 위해 제품 홍보에 막대한 비용을 지불한다.

그 때문에 제품 이미지에 손상이 가는 어떠한 일도 발생하지 않기를 바란다.

만약 그러한 일이 발생했을 때는 홍보하기 위해 광고에 들어갔던 것 이상의 손해가 발생하기 때문이다.

그래서 광고주들은 모델과 계약을 할 때, 옵션을 건다.

하지 말아야 할 일들이나 행동들, 그리고 만약 지키지 못했을 때의 손해배상에 대한 사항까지 모두 들어간다.

그렇기 때문에 유명 스타가 광고 모델이 되었을 때 큰돈을 벌기도 하지만 때로는 계약 사항을 지키지 못해 엄청난 금액을 손해배상으로 치를 때도 있다.

물론 광고주 입장에서는 아무리 손해배상을 받는다 해도 그런 일이 발생하지 않는 것이 가장 최선이다.

그런 의미에서 오늘 김재원 전무가 만나고 온 사람은 절대로 그냥 넘어갈 상대가 아니었다.

그럼에도 불구하고 김재원 전무가 회사나 광고 모델이었던 수현에게 어떤 손해도 없이 그냥 해지하는 선에서 마무리되었다고 말을 하자 이해가 가지 않은 것이다.

"우리가 들었던 *소문이 맞는가 보더라고요."

"응? 무슨 소문 말인가?"

"JL 모직에서 중국에 진출을 준비 중이란 소문 말입니다."

"아!"

이재명은 김재원의 설명에 자신도 모르게 감탄성을 질렀다.

그 또한 들어 알고는 있었지만 설마 그 소문이 사실일 것이라고는 믿지 못했다.

그도 그럴 것이, JL 모직은 신사복을 만드는 전문 업체다.

베르XX이나 아르XX 같은 2~300만 원이 넘는 고가의 명품 양복까지는 아니더라도 80만 원대의 고급 양복 브랜드를 가지고 있는 업체다.

그리고 명품 양복에 뒤지지 않는 품질을 강조하기 위해 전속 모델로 수현과 계약을 했었다.

하지만 작년 스캔들로 인해 수현과 광고 계약을 했던 많은 업체들이 계약 해지를 하였고, 계약은 하지는 않았지만 직전까지 갔던 광고주들도 가계약까지 되었던 것을 무르고 모델을 교체하였다.

그런 와중에도 JL 모직은 수현이 아이돌로 데뷔하기 전부터 모델 계약을 해왔던 관계로 끝까지 의리를 지키겠다며 남아 있었다.

하지만 그것도 한계에 부딪혔다.

외압에 의해 광고 모델이 국내 활동을 전혀 하지 않는 상태에서 계속해서 모델로 놔둔다는 것은 JL 모직 입장에선 손해가 이만저만이 아니기 때문이다.

그래서 계약 기간이 남아 있지만 어쩔 수 없이 해지를 하게 된 것이다.

그렇지만 계약 해지도 참으로 요상한 것이, 광고 모델인 수현에게 계약 해지에 대한 손해배상의 책임이 있느냐 없느냐를 판가름하기가 애매한 상태였다.

수현에게 뭔가 결격 사유가 있는 것이 아니기 때문이다.

그렇다고 아주 없다고 보기도 힘들었다. 어찌 되었든 광고 모델이면서 활동을 하지 않아 제품 홍보에 적극적이지 않았다는 명분이 있기도 해 참으로 애매했다.

그 때문에 킹덤 엔터에서는 중국에 있는 수현을 대신해 JL 모직과 전속 모델 계약 해지에 대한 논의를 하기 위해 만났다.

사실 김재원 전무는 JL 측과 미팅을 하기 전 만약의 경우 계약 해지로 인한 손해배상까지 생각하고 있었다.

다만, 계약 해지가 전적으로 수현에게만 잘못이 있는 것이 아니란 점을 들어 배상액을 최대한 낮출 생각이었다.

그런데 막상 JL 측과 미팅을 가져 보니 그들이 갈팡질팡하는 모습을 보게 된 것이다.

뭔가 결정을 주저한다는 모습이 그의 눈에 띄었다.

그리고 그때 얼마 전 자신이 들었던 정보가 생각이 났다.

JL 모직이 중국 시장에 진출하려고 한다는 이야기가 그 것이다. 얼핏 들은 얘기라 잊고 있었는데 어쩌면 사실일지도 모른다 싶어 조용히 그들이 무슨 말을 할지 지켜보았다.

큰 그릇을 만들려면 오랜 시간이 걸린다고 했던가? 성급하게 계약에 대해 언급을 하지 않고 그들이 먼저 이야기하도록 기다린 보람이 있었는지, JL 측에서 먼저 광고 모델 해지에 관한 자신들의 생각과 또 중국 시장에 대한 언급을 해왔다.

JL 모직과 같은 대기업에서 쉽게 드러내지 않는 실수라 할 수 있었다.

하지만 을의 입장인 김재원이나 킹덤 엔터에는 환영할 만한 실수였다.

결과적으로 계약 해지를 하러 갔다가 새로운 광고 계약을 하게 되었다.

물론 김재원도 JL 측에서 국내 모델 계약에 대해 원만하게 해지를 한 것에 대해 생각을 해, 중국에서 사용할 광고에 대해서도 원만한 합의를 보았다.

그런 이야기를 회사로 돌아와 사장인 이재명에게 하자 이를 들은 이재명의 얼굴이 맑게 펴졌다.

"그게 참말인가? 모델 계약 해지를 하러 갔다가 새로운 광고 계약을 따냈다는 말이 사실이냐고?"

스타라이트

이재명은 방금 전 자신이 들은 말이 믿기지 않아 다그쳐 물었다.

"사실입니다. 사실 말이야 바른말이지, 수현이의 인기는 국내보단 중국이나 동남아시아에서 더욱 크지 않습니까?"

"그렇지."

"텐진 TV 드라마 주연으로 활동을 하고 있고, 또 천룽 자동차, 샤미, 알리파파의 모델이기도 하지 않습니까?"

수현이 스캔들의 영향으로 국내 활동을 접고 중국과 동남아시아 위주로 활동을 선언한 데에는 이런 이유가 있었다.

사생활까지 감시를 당하며 굳이 한국에서만 활동할 이유가 없었다.

그를 찾는 곳이 국내에만 있는 것이 아니기 때문이다.

그리고 떨어져 나가는 광고도 마찬가지였다.

그 많은 국내 광고가 떨어졌지만 중국에서 활동을 시작하면서 맺은 광고로 인해 국내에서 광고 모델을 할 때보다 더 많은 돈을 벌어들였다.

중국은 땅덩어리만 큰 것이 아니라 인구수 또한 많다 보니 성 단위를 넘어가는 전국적인 스케일의 광고는 그 계약금이 엄청났다.

A급으로 분류된 수현이 국내에서 광고 모델로서 받은 금액의 평균이 5억 원 수준이었던 것에 반해, 중국 자동차 회사 중 가장 규모가 큰 회사인 천룽 자동차와 맺은 모델료는

그 20배가 넘는 140억 원이었다.

뿐만 아니라 중국 최대 인터넷 쇼핑몰인 알리파파와 맺은 광고 모델 계약은 그보다 조금 낮았음에도 120억 원이었고, 샤미 전자와 맺은 계약도 100억 원이 넘어가는 금액에 계약 기간도 3개월에서 6개월 정도다.

이는 중국 내 톱스타들과 별반 차이가 나지 않는 모델료였다.

그것만 봐도 수현이 중국 내에 얼마나 대단한 인기를 가지고 있는지 짐작해 볼 수 있었다.

그렇기에 중국 진출을 준비 중인 JL 모직에서도 중도 계약 해지를 한다고 해서 중국에서 활동 중인 수현과 대립각을 세울 이유가 없다.

아니, 오히려 수현을 붙잡아야 할 입장인 것이다.

솔직히 중국 진출을 준비하고는 있지만 중국 기업인 천룡 자동차나 샤미 전자, 알리파파처럼 엄청난 금액의 모델료를 지불할 능력이 되지는 않았다.

아무리 JL 모직이 대기업 계열사라고 하지만 모델료로 100억을 쓴다는 것은 상상도 못할 일이기 때문이다.

광고 제작 비용이 100억 원이라면 경영진이나 주주들도 이해를 하겠지만, 단순하게 모델료로만 100억 원을 사용했다고 하면 어느 누구도 이를 이해하고 넘어가지 않을 것이다.

그러니 중국 진출을 준비 중인 JL에서는 최대한 모델료를 낮추기 위해 국내 광고 계약을 해지하면서 받아야 할 배상액에 연연할 이유가 없는 것이었다.

"아마 이런 이유로 이번 계약 해지에 대해선 그냥 넘어간 것이란 생각이 듭니다."

김재원은 JL이 무엇 때문에 손해배상을 청구하지 않은 것인지에 관해 이야기를 하였다.

"음, 그렇단 말이지?"

김재원의 이야기가 끝나고 이재명은 잠시 생각에 잠겼다.

JL 모직에서 어떤 이유로 손해배상 청구를 하지 않는 것인지 이유를 들었다. 수현의 소속사인 킹덤 엔터로서는 환영할 만한 상황이었다.

하지만 그렇다고 해서 중국에서 사용할 광고에 대한 계약금을 낮춰줄 생각은 눈곱만치도 없었다.

제대로 된 광고를 찍으려면 모델에 대한 제대로 된 계약금을 내야 한다는 것이 이재명 사장의 평소 지론이다.

국내 모델 계약 해지에 대한 손해배상 청구를 하지 않은 것은 고맙지만 이것과 그건 별개의 문제인 것이다.

"그럼 수현이에게도 그렇게 알려주게."

"네, 그렇게 하겠습니다."

탁.

사장에게 보고할 것을 모두 끝낸 김재원 전무는 자신의

사무실로 가기 위해 밖으로 나갔다.

혼자 남게 된 이재명은 잠시 하던 일도 멈추고 생각에 잠겼다.

그동안 연예 기획사를 운영하면서 많은 어려움과 위기를 겪어보았다.

하지만 작년처럼 힘든 시기는 참으로 오랜만이었다.

회사를 차렸을 때인 초창기에 험난한 전장인 연예계에서 자리 잡기 위해 악전고투를 하던 때 이후로 처음이었다.

그때야 하루에도 수십 개의 연예 기획사들이 등록했다가도 운영을 잘못해 폐업하기도 하는 등 불안정한 시기였고, 또 늘어나는 경쟁자를 떨치려는 기성 연예 기획사들의 방해와 텃세로 힘든 나날이었다. 그러나 킹덤 엔터가 자리를 잡은 이후로는 그러한 어려움을 겪지 않았다.

물론 소소하게 대형 기획사들의 방해가 있기는 했지만 최유진이 대형 스타로 뜬 뒤로는 그러한 일이 없었다.

오히려 최유진의 인기에 편승해 자신들이 키우고 있는 연예인을 띄우기 위해 편의를 봐주기도 했다.

그런데 작년 킹덤 엔터가 제2의 전성기라 할 수 있을 정도로 성세를 이루고 있을 때 터진 스캔들은 킹덤 엔터에 너무도 치명적으로 작용을 하였다.

아무리 국내에서 대형 기획사라 불리는 킹덤 엔터라도 정치권에서 언론과 손을 잡고 한쪽으로 일방적으로 몰아가고 여론을 조작하니 견딜 재간이 없었다.

그렇다고 그들 포식자의 공격에 반격도 못하는 꿩처럼 머리를 숙이고 처분만 기다렸다가는 회사의 간판을 내려야 할 처지이기에 반항을 하였다.

그리고 저들의 약점을 잡아내 반격하여 스캔들의 오명에서 벗어났다.

그때만 해도 싸움에서 이겼다고 판단하고 안심했다.

하지만 그런 판단은 오산이었다.

비록 킹덤 엔터와 최유진, 그리고 수현을 공격한 세력은 타파했지만, 그로 인해 또 다른 적을 만들었다는 것을 이재명은 그때까지만 해도 깨닫지 못했다.

정치인들이 얼마나 옹졸한 사람인지 알지 못했던 것이 화근이었다.

직접적으로 공격을 했던 사람들은 자신들의 과오로 정치계를 떠나게 되었지만, 그들이 속했던 민주공화당은 그것으로 끝낼 생각이 아니었다.

분명 자신들이 잘못을 했음에도 불구하고 그들은 자신들이 본 피해에 대해 전적으로 피해자인 킹덤 엔터와 최유진, 그리고 수현에게 전가하여 화풀이를 시작했다.

물론 직접 드러나게 공격을 한 것은 아니었지만 킹덤 엔터와 그에 소속된 연예인들에 대한 여러 가지 일들이 그 짧은 기간에 한꺼번에 벌어졌으니 분명 뭔가 손을 썼다는 건 누구나 알 수 있었다.

하지만 그렇다고 직접적인 증거가 없기에 이를 가지고 왈가왈부할 수도 없었다.

그렇기에 정치인이나 종교인들과 척을 져서는 대한민국에서 살기 힘들다는 말이 나온다는 것을 새삼 깨닫게 되었다.

계약했던 많은 연예인들이 이번 일을 겪으면서 계약 해지를 하고 킹덤 엔터를 떠났다.

킹덤 엔터와 계약을 한 연예인의 숫자가 작년 대비 절반으로 떨어진 것이다.

그 때문에 손해가 클 것으로 예상하고 남는 직원들을 정리하려고 했었는데, 호사다마라고 했던가? 다행히 수현과 로열 가드를 찾는 해외 스케줄이 늘었다.

최유진도 은퇴를 한 마당에 킹덤 엔터에 남은 최고 스타는 오랜 기간 연예 활동을 한 스타들이 아닌 이제 데뷔 4년 차에 들어가는 로열 가드와 수현이었다.

그런데 그중 리더인 수현이 국내 활동을 안 할 수도 있다는 취지의 말을 기자회견에서 언급하면서 광고가 급감했다.

그때만 해도 앞길이 암담했었는데, 인생사 새옹지마라고, 마치 롤러코스터를 탄 것마냥 상황이 업, 다운을 반복하였다.

소속되었던 연예인들이 줄줄이 계약을 해지하고 킹덤 엔

스타라이프

터를 떠날 때만 해도 앞으로 어떻게 운영을 할지 막막했는데, 로열 가드와 수현이 해외 활동을 하면서 오히려 수익은 늘어났다.

그게 어떻게 된 것이냐면, 수현이야 계약 초기에 톱스타 최유진이 있었기에 수현에게 유리한 계약을 하였지만, 이제 막 아이돌 데뷔를 하는 로열 가드는 업계 평균 수준의 계약을 하였다.

즉, 로열 가드 멤버들과 킹덤 엔터 간의 수익 분배에서 킹덤 엔터가 조금 더 많은 퍼센트의 수익을 가져간다 할 수 있었다.

그러다 보니 킹덤 엔터가 작년에 이 시기 벌어들였던 수익과 비교해서 조금 못 미치는 수익을 벌어들였지만, 정산을 한 뒤 순이익을 따져 보면 오히려 30% 정도가 늘어났다.

즉, 계약 해지를 하고 떠난 연예인들에게 기존에 하던 분배 수익이 줄었기에 킹덤 엔터는 직원 수를 줄이지 않고도 순이익이 늘어난 것이다.

그 때문에 이재명은 눈을 반짝이며 이번 일에 대해 좀 더 깊게 생각을 하기 시작했다.

Chapter 2

인연

텐진은 약칭으로는 진이라고도 불리며 화베이 지구의 보하이만에 인접해 있으며, 130여 킬로미터나 되는 해안선으로 금나라와 원나라 때는 즈구라 불리며 수상 운송의 요지였다.

1928년에 시가 되었으며, 허핑, 허둥, 허시, 허베이, 홍차오, 난카이, 한구, 탕구, 다강, 둥리, 진난, 시칭, 베이천, 우칭, 바오디 등 15개 구와 지현, 닝허현, 징하이현 등 세 개의 현으로 이루어졌다.

현재는 중앙 직할시로서 연해 지역에 중점적으로 개발이 된 항구도시다.

원나라 때부터 무역과 상업의 중심지였다.

그리고 대규모 개조와 건설을 통해 도시화를 이루었으며, 인구는 1,400만 명이 넘었다.

인구가 천만이 넘는 도시 텐진은 상업과 공업은 물론이고, 교육과 농업 지구까지 잘 조성된 계획도시다.

그러다 보니 드라마 촬영을 마치고 숙소로 돌아가는 수현의 눈에 비친 텐진의 야경은 서울과는 또 다른 풍경을 보여 주었다.

그렇게 이국적인 텐진의 야경을 보며 숙소인 호텔로 돌아온 수현은 자신의 방에 들어섰다.

탁.

저벅저벅.

"수현 씨, 오셨어요?"

"어?"

자신의 방으로 들어온 수현은 갑자기 들리는 여자의 목소리에 깜짝 놀랐다.

호텔 방에서 촬영을 마치고 돌아오는 수현을 맞은 여자는 바로 리메이링이었다.

리메이링의 정체는 바로 이곳 텐진 시 시장의 차녀였다.

이곳 호텔과 연관이 있는 직원도 아니었기에 드라마 촬영 동안 드라마 제작사에서 잡아준 숙소인 이곳에 그녀가 있을 이유가 없었다.

그러하였기에 자신의 숙소로 돌아온 수현이 그녀가 방 안에서 자신을 맞는 것에 깜짝 놀란 것이다.

"어떻게 들어온 것입니까?"

수현은 메이링이 어떻게 자신의 방에 들어온 것인지 놀라 물었다.

그런 수현의 질문에 메이링은 별거 아니란 듯 웃어 보이며 대답을 들려주었다.

"전에 제가 제 신분을 말씀드리지 않았나요?"

"응?"

"제 아버지가 누군지 생각한다면 제가 이곳에 주인보다 먼저 들어와 있는 것도 이해가 갈 것이에요."

메이링의 아버지가 누군지 이미 알고 있는 수현은 그녀의 말에 자신도 모르게 고개를 끄덕였다.

현 텐진 시 시장인 그녀의 아버지 직위라면 이곳 호텔 사장실이라도 허락 없이 들어갈 수 있었을 것이란 생각이 들자 수긍할 수밖에 없었다.

"그래, 그런데 어쩐 일로 절 찾아온 것입니까?"

수현은 주인도 없는 호텔 방에 멋대로 들어와 있는 메이링을 보며 용건을 물었다.

"우리 나가요."

방금 일을 마치고 돌아온 수현을 보면서도 메이링은 마이 페이스로 일관했다.

"네? 전 방금 촬영을 마치고 들어왔습니다."

돌려 말을 하기는 했지만 명백히 거절의 뜻을 담은 대답이었다.

하지만 메이링은 막무가내로 수현을 이끌었다.

"그러지 말고 우리 함께 저녁 먹어요."

"하."

정중한 거절에도 불구하고 막무가내인 그녀의 태도에 수현은 한숨이 절로 나왔다.

그러면서 그녀와 처음 만났을 때가 문득 떠올랐다.

*　　　*　　　*

톈진 영상 제작 공사의 한 사무실.

수현은 로열 가드의 총괄 매니저인 전창걸 부장과 함께 톈진 영상 제작 공사에 와 있었다.

작년 11월에 있었던 기자회견을 끝으로 자의 반 타의 반으로 국내 활동을 하지 않는 지금 그는 해외 활동에 전념하기로 하였다.

자신의 일로 회사가 어려워진 지금 어떻게 하든 그 책임에서 벗어날 수는 없었기에 우선 할 수 있는 일인 회사에서 잡아준 스케줄을 소화하기 위해 중국에 들어왔다가 톈진 TV에서 제작하는 무협 드라마 섭외가 들어왔다.

한국의 역사 드라마 장금이 이후 중국 내 한국 드라마의 위상과 한국 배우의 위상은 무척이나 높았다.

그러다 보니 한국에서는 그렇게 인기를 끌지 못했던 배우나 연예인들이 중국에 넘어가 엄청난 인기를 끌고 있다는 뉴스가 심심치 않게 들리고 있었다.

그 때문에 중국의 방송사나 영화제작사들은 한국의 스타들을 잡기 위해 러브콜을 보내고 있었다.

무언가 세련되고 또 섹시한, 그리고 터프하면서도 반대로 자상한 일면을 보이는 한국 남자들의 모습에 판타지를 가지게 된 중국 여성들의 욕구에 방송사들은 물론이고, 영화제작자들도 흥행을 위해서 한국 스타들을 찾는 것이다.

아니, 그런 이유도 있지만 한국의 스타들은 방송 관계자들이나 영화제작자가 보기에 자국의 스타들과는 뭔가 다른 아우라가 있었다.

한국의 스타와 자국의 스타를 비교하면 확연히 차이가 나는 그 무언가 때문에 한국 드라마나 예능을 보는 중국인들의 보는 눈이 높아만 가는 현실에서 자국의 연기자들만 가지고 드라마 제작을 해서는 흥행을 보장할 수 없었다.

해서 텐진 TV에서도 새로 제작하는 드라마에 한류 스타를 최소 한 명 이상 섭외하려고 했지만 마땅한 배우가 없었다.

중국에 진출한 한국의 여자 배우는 많았지만, 이번 텐진

TV에서 들어가는 드라마는 여자 배우보다 중요한 것이 남자 배역이었다.

그도 그럴 것이, 이번 드라마가 일반적인 남녀의 사랑을 다루는 드라마가 아니라 국가에 대한 충성과 군문에서 드러나는 동료들 간의 우정 등이 깊게 다루어지는 역사 드라마였기 때문이다.

더욱이 판타지 무협 풍의 드라마였기에 액션 연기가 필수 요건이었다.

그 때문에 액션도 되고 또 중국 액션 드라마의 특성상 무술도 어느 정도 할 줄 알아야 했는데, 이러한 까다로운 조건을 맞출 수 있는 남자 한류 스타는 극소수였다.

이런 어려운 조건 때문에 텐진 TV에서는 막대한 제작비를 준비해 놓고도 드라마에 딱 맞는 배역을 선정하지 못해 난항을 겪고 있었다.

그러던 차에 이러한 까다로운 조건을 모두 충족하는 배우가 나타난 것이다.

액션이면 액션, 연기면 연기, 거기에 잘생긴 외모까지 모두 갖춘 스타였다.

그뿐만이 아니라 그는 중국 내뿐만 아니라 아시아 각국에서도 엄청난 인기를 가진 대스타다.

즉, 그 말은 그만 잡는다면 어쩌면 아시아 각국에 자신들이 촬영한 드라마를 수출할 가능성이 농후했다.

그 때문에 로열 가드의 리더 수현이 중국에 들어왔다는 소식을 접하자마자 섭외 문의를 한 것이다.

그리고 그 결과로 이렇게 계약을 하기 위해 마주하고 있었다.

"검토가 다 끝나셨습니까?"

텐진 TV에서 방영할 드라마를 제작하는 텐진 영상 제작 공사의 영업부장인 짱리창은 조심스럽게 물었다.

"예, 괜찮군요."

수현은 계약서를 모두 살피고 그것을 전창걸 부장에게 넘기며 대답을 하였다.

전창걸이 매니저로서 따라오기는 했지만 어찌 되었든 계약의 주체는 수현이었기에 그가 대답을 한 것이다.

"다만……."

수현은 괜찮다는 대답을 했으면서도 말끝을 흐렸다.

그에 짱리창은 긴장하며 수현을 쳐다보았다.

"제가 드라마에 출연을 하게 된다면, 촬영 기간 동안 지낼 숙소와 저를 보조하기 위해 따라오는 스텝들에 대한 언급이 없는데, 그건 어떻게 되는 것입니까?"

보통 스타가 움직이게 되면 매니저를 비롯해 스타일리스트와 메이크업을 담당하는 스텝까지 최소 세 명에서 많게는 십여 명까지 따라붙는다.

물론 남자인 수현에게는 그렇게까지 많은 스텝이 붙지는

않겠지만 국내 촬영도 아니고 다른 나라에서 촬영을 하는 것이니 많은 스텝이 따라붙는 것은 당연했다.

그 비용만 해도 상당할 것인데 그런 언급이 빠졌기에 물어본 것이다.

"아, 계약서를 급하게 만드는 바람에 실수가 있었던 것 같습니다. 우선……."

짱리창은 수현이 드라마 섭외에 관심이 있는 것 같자 얼른 계약서 이면에 조건들을 적어나갔다.

"일단 정수현 씨가 저희 드라마에 출연을 하게 된다면 당연히 수현 씨를 보조할 스텝들이 있어야 할 테니… 음, 여덟 명까지는 저희가 숙소와 체류 비용을 보조해 드리겠습니다. 그리고……."

짱리창은 혹시나 수현의 마음이 바뀔까 두려운지 급하게 자신이 생각한 조건들을 말하였다.

"그리고 마지막으로 숙소는 화베이에 있는 5성급 호텔인 화베이 호텔 펜트하우스로 하고, 스텝들은 2인실을 내드리겠습니다."

수현이 머물 숙소까지 이야기를 한 짱리창이 모든 협의 사항을 적고 수현을 돌아보았다.

"어떻습니까?"

자신이 내건 조건이 어떤지 의향을 물어온 것이다.

옆에서 텐진 영상 제작 공사의 간부인 짱리창이 하는 이야기를 듣고 있던 전창걸은 속으로 깜짝 놀랐다.

한류 스타들이 중국에서 상당한 대우를 받는다는 것은 들어 알고는 있었지만 자신이 맡고 있는 연예인에게 이렇게까지 좋은 조건으로 계약을 제시할 줄은 상상도 못했다.

그 때문인지 자신의 감정을 숨기지 못하고 놀란 표정으로 수현을 돌아보았다.

그런데 웃긴 것은 정작 놀라야 할 당사자인 수현은 아무런 표정의 변화도 없다는 것이었다.

그래서 그런지 수현이 자신의 조건이 마음에 들지 않은 것인가 하는 생각에 짱리창이 불안한 표정을 내비쳤다.

"혹시 조건이 마음에 들지 않습니까?"

조심스럽게 수현의 생각을 물어보는 짱리창이다.

"아닙니다. 스텝과 숙소는 그렇다 치고, 그럼 제가 촬영장까지 타고 갈 차량은 어떻게 되는 것입니까? 제가 따로 구해야 하는 것입니까?"

현재 킹덤 엔터는 중국에 자회사를 두고 있지 않았다.

그 때문에 킹덤 엔터 소속의 연예인들이 중국 활동을 하는 것에 많은 애로 사항이 있었다.

그런 이유로 킹덤 엔터에서는 드라마 출연과 같은 장기 스케줄을 잡지 않고 있었다.

그런데 텐진 TV에서 직접 찾아와 이렇게 드라마 출연 섭외를 적극적으로 하자 이동에 관한 문제가 발생한 것이다.

"아, 그것도 저희가 해결해 드리겠습니다."

이미 텐진 영상 제작 공사의 상급인 텐진 TV 내부에서 한류 스타인 수현이 자신들의 드라마에 출연을 하게 된다면 어떤 조건이든 들어주라는 이야기가 있었기에 짱리창은 수현의 물음에 별다른 고민 없이 들어주겠다고 대답을 하였다.

그런 짱리창의 대답에 이제는 너무 놀라 어떤 말도 하지 못하고 수현과 그를 번갈아 돌아보는 전창걸이다.

드라마 촬영이라는 것이 1~2개월에 끝나는 단기 촬영이 아닌 관계로 주연인 수현은 최소 3개월 이상 체류를 해야 하는데, 그 체류비만으로도 몇 억이 우습게 나갈 것이었다. 그러니 배우인 수현 말고도 그를 수행하는 스텝들의 체류 비용까지 모두 책임을 지겠다는 텐진 영상 제작 공사 영업 부장인 짱리창의 대답에 놀랄 수밖에 없었다.

"그 정도로 생각을 해주신다니…… 좋습니다. 계약하죠."

수현은 그 자리에서 계약을 수락하였다.

텐진 영상 제작 공사에서 그 정도까지 조건을 들어준다는 데 거절할 이유가 없었다.

"하하, 감사합니다."

수현과 계약을 하기 위해 진땀을 흘리던 짱리창은 이마에

흐르는 땀을 닦으며 수현이 내민 손을 맞잡았다.

좋은 거래였기에 수현도 만족을 하고, 또 현재 중국에서 한창 인기를 끌고 있는 한류 스타인 수현과 좋은 계약을 하게 되어 만족한 쨍리창 또한 기분 좋게 웃으며 악수를 하였다.

사실 수현이나 전창걸이 만족한 출연 계약도 쨍리창이 생각하기에는 상당히 계약금을 낮춘 것이었다.

만약 수현 정도의 인기를 가진 자국 배우였다면 그 계약금은 배가 되었을 것이다.

하지만 자국의 배우가 아닌 외국 스타였기에 이 정도 금액이 책정된 것이었다.

그렇기에 수현이 요구한 숙소 문제나 보조할 스텝들의 체류비 정도는 쨍리창 선에서 충분히 들어줄 수 있는 조건이었다.

그렇게 양측이 모두 만족하였기에 화기애애한 분위기에서 계약을 마쳤다.

＊　　　＊　　　＊

쿵쿵. 쾅쾅.

어두운 실내, 흥겨운 음악 소리와 현란한 사이키 조명, 그리고 흥겨운 리듬에 맞춰 연신 몸을 흔드는 젊은 남녀의 모습이 가득한 공간, 리메이링도 친구들과 함께 이곳을 찾았다.

그녀가 있는 이곳 나이트클럽은 텐진에서 가장 유명한 클럽으로서 최대 수용 인원 5천 명의 엄청난 위용을 자랑한다.

그뿐만 아니라 이곳 글로리아 클럽은 텐진에서도 가장 시설이 고급인 클럽이기도 했다.

그 때문에 텐진에 사는 상류층 자제들은 물론이고, 북경에서 좀 산다는 이들도 종종 이곳에 와서 놀기도 한다.

리메이링은 오늘 생일을 맞아 친구들과 함께 즐기기 위해 글로리아 특실을 전세 내고 파티를 하고 있었다.

그렇지만 파티가 계속되어도 리메이링의 기분은 나아지지 않았다.

그도 그럴 것이, 원래 파티를 하려고 했던 호텔 펜트하우스가 누군가에 의해 이미 체크인이 되어 있었기 때문이다.

리메이링이 여느 푸얼다이였다면 자신이 가진 권력으로 이미 임자가 있는 펜트하우스의 주인을 쫓아내고 그곳을 차지했을 것이다.

그녀의 아버지가 바로 텐진 시의 시장이니 말이다.

그러니 텐진 시 내에서는 그녀가 고개를 숙여야 할 만한 권력자가 손으로 꼽을 정도로 적었다.

그런고로 그녀가 마음만 먹는다면 펜트하우스의 주인을

충분히 쫓아내고 그곳에서 자신의 생일 파티를 할 수도 있었다.

하지만 리메이링은 그렇게 하지 않았다.

물론 그 때문에 친구들에게 체면이 살짝 깎이기는 했지만 그렇다고 여느 푸얼다이들처럼 어처구니 행동을 하여 시장인 아버지의 얼굴에 먹칠을 할 생각은 눈곱만큼도 없었다.

하지만 그것과 별개로 친구들 앞에서 체면이 구겨진 것은 구겨진 것이다.

그 때문에 사실 기분이 좋지 못했다.

다행히 호텔 지하에 있는 나이트에는 특실이 남아 있었기에 1차로 호텔 스위트룸에서 파티를 하고, 2차로 놀기 위해 지하 나이트로 내려왔으나 그러한 관계로 좀처럼 흥이 나질 않았다.

"메이링, 기분 풀어. 오늘은 네 생일이잖아."

친구 한 명이 다가와 그녀의 기분을 풀어주기 위해 말을 걸었다.

하지만 친구의 위로는 전혀 위로가 되지 않았다.

그도 그럴 것이, 위로를 하는 친구가 다른 친구들과 하는 이야기를 들었기 때문이다.

말로는 위로를 하면서도 다른 친구들과 있을 때 그녀는 메이링은 물론이고, 그녀의 아버지까지 모욕했었다.

톈진 시의 시장을 아버지로 두고도 겨우 호텔 펜트하우스도 잡지 못했다며 비웃는 모습을 똑똑히 보았다.

그러니 아무리 그녀를 위로하는 말을 한다고 해도 그 말이 그대로 들리지 않았다.

"그래, 메이링. 비록 급이 낮은 곳이었지만 파티는 화려했잖아."

또 다른 친구가 위로를 한답시고 말을 건넸지만 그것은 메이링에게는 역린과 같은 말이었다.

다른 말은 들리지 않고 그녀의 귀에는 '급이 낮은 곳'이란 말만 울렸다.

꿀꺽.

탁.

메이링은 자신의 앞에 놓인 컵에 담긴 술을 단숨에 마시고는 탁자에 내려놓았다.

"하아."

벌떡.

독한 양주를 원샷 한 메이링은 자리에서 벌떡 일어나 밖으로 나갔다.

"메이링, 어디 가?"

특실에 뚫린 창으로 현란한 조명이 어우러지는 스테이지를 보며 음악에 맞춰 춤추며 즐기고 있던 친구들이 밖으로 나가는 메이링을 불렀다.

"스테이지."

자신의 행선지를 간단하게 말한 메이링은 자리를 떠났다.

특실을 나온 메이링은 그대로 목적지인 스테이지로 향했다.

체면이 구겨진 상태로 친구들이 있는 특실에 있다가는 화를 주체하지 못하고 사고를 칠 것만 같아 나온 것이다.

그리고 화를 풀기 위해서 스테이지에 올라 격렬하게 몸을 흔들었다.

하지만 메이링의 악운은 아직 끝나지 않았다.

"뭐야."

한참 음악에 맞춰 춤을 추며 스트레스를 풀고 있던 메이링은 갑자기 자신의 손목을 잡는 손길에 놀라 소리쳤다.

"소저, 저기 신사분이 소저가 마음에 들어 합석을 하자고 하는데 가시죠."

웨이터가 자신의 손목을 잡고 있는 것이 보였다.

휙.

"꺼져."

자신의 손목을 잡고 있는 팔을 털어낸 메이링은 차가운 목소리로 대답하였다.

그런 메이링의 목소리에 웨이터는 순간 당황하였는지 살짝 물러났다.

그리고 자신에게 지시를 내렸던 테이블의 손님에게 고개를 돌렸다.

그가 시선을 던진 곳은 1층에 있는 테이블 중 가장 크고 가격이 비싼 자리였다.

스테이지와 가까이에 있으며 가장 중앙에 위치해 클러버들이 가장 선호하는 자리이기도 했다.

그곳에선 화려한 복장을 갖춰 입은 사내들 세 명이 의자에 살짝 기댄 방만한 자세로 웨이터와 메이링의 실랑이를 지켜보고 있었다.

그들은 딱 봐도 푸얼다이라는 것을 알 수 있는 복장이었다.

웨이터는 푸얼다이들이 스테이지에서 춤추고 있는 메이링을 데려오라는 지시를 하자 그녀에게로 다가온 것이었다.

그들이 클럽에서 쓰는 돈은 상당했고, 또 이렇게 부킹을 하게 되면 상당한 팁을 주기에 메이링의 신분을 확인도 하지 않고 그녀에게 접근하여 데려가려던 것이다.

"그러지 말고, 함께 가시지요. 저분들 돈 잘 씁니다."

그는 언제나 이 말 한마디면 모든 것이 통했기에 말끝에 상대가 돈이 많다는 것을 강조하며 메이링의 손을 잡아끌었다.

짝.

"이 새X야, 내가 싫다고 했잖아!"

싫다는 자신의 손목을 붙잡고 당기는 웨이터에게 싸대기를 날린 메이링은 날카롭게 소리쳤다.

"아이오아!"

부킹을 원하는 푸얼다이들이 있는 테이블로 급히 데려가려는 생각에 메이링의 손목을 잡아끌던 웨이터는 느닷없이 눈앞이 번쩍이고 또 자신의 뺨에서 고통이 몰려오자 비명을 질렀다.

한편, 클럽 원정을 온 왕푸첸은 친구들과 내기를 하였다.

이곳 글로리아에서 가장 마음에 드는 상대를 한 명 찍고 누가 먼저 그녀를 호텔 방으로 데려갈지 내기를 한 것이다.

재벌 2세인 이들은 아버지가 벌어오는 돈을 흥청망청 쓰면서 하루하루를 보내고 있었다.

그러다 보니 웬만한 놀이는 다 해보았다.

심지어 정부에서 금기시하는 마약도 해보았고, 많은 푸얼다이들이 하는 고급 스포츠카를 이용한 불법 드레그 레이스도 해보았지만 모두 한때뿐이었다.

자신의 고급 스포츠카를 걸고 하는 드레그 레이스에서 몇 번 차를 잃고는 더 이상 드레그 레이스를 하지 않았다.

아무리 이들이 푸얼다이라고 하지만 모두가 같은 것은 아니다.

아버지들이 가진 재산의 규모가 다르다 보니 재벌 2세라고 하지만 수준들이 차이가 나는 것이다.

그 때문에 이들은 더 이상 재력이 따라가지 못하는 드레그 레이스를 하지 못하게 되자 다른 곳에 관심을 보였다.

그것은 바로 여자 사냥이었다.

여자 사냥이 말 그대로의 사냥을 뜻하는 것은 물론 아니었다.

클럽 같은 곳에 가면 많은 여자들이 있다.

이들은 그렇게 클럽에 오는 많은 여자들 중 가장 예쁜 여자를 찍어 그날의 내기를 하는 것이었다.

즉, 지목한 여자를 하룻밤 파트너로 만든 사람이 위너가 되는 게임이었다.

반대로 이때 내기에서 지는 사람들이 그날 소모하는 모든 비용을 내는 것이고 말이다.

그렇게 북경 일대의 클럽을 누비던 왕푸첸과 친구들은 텐진까지 원정을 왔다.

그리고 이곳 글로리아에서 눈이 번쩍 뜨일 만한 미녀를 보게 되었다.

바로 스테이지에서 격정적으로 춤을 추고 있던 메이링이었다.

스트레스를 풀기 위해 격정적으로 춤을 추는 그녀의 모습에 혹한 왕푸첸과 친구들은 바로 내기에 들어갔다.

오늘 밤, 그녀를 침대로 끌어들이는 사람이 승자가 되는 게임이었다.

그래서 웨이터를 불러 그녀를 자신들이 있는 테이블로 데려오라 시킨 것이다.

하지만 춤을 추는 그녀에게 웨이터가 접근하는 모습을 지켜보니 일이 쉽게 되지 않았다.

"어?"

갑자기 춤을 추던 메이링이 웨이터의 뺨을 때린 것이다.

그리고 이어서 고함 소리를 듣게 되었다.

"이 새X야. 내가 싫다고 했잖아!"

전혀 욕이라고는 하나도 할 줄 모르게 생긴 미녀가 웨이터의 따귀를 때리고 욕을 하는 모습에 왕푸첸과 친구들은 놀란 표정을 하였다.

하지만 한편으로는 그런 생각지도 못한 메이링의 모습에 이들은 더욱 흥미로운 표정이 되었다.

"오늘 내기는 다른 때보다 더 흥미로운데."

왕푸첸의 친구 중 한 명인 지중번이 소리쳤다.

"그러게. 생긴 것하고는 다르게 앙칼진 것이, 침대에서도 기대가 되네."

보통 웨이터가 자신들의 이야기를 하면 열에 아홉은 그냥 따라왔다.

그리고 남은 하나도 몇 번 계속해서 시도하면 못 이기는 척 따라왔으며, 자신들과 함께 자리를 한 뒤에는 일사천리였다.

처음에 거절을 했던 여자도 자신들의 테이블에 놓인 값비싼 양주를 보고, 몇 마디 이야기를 하다 자신들의 신분을 알게 된 뒤에는 호텔 방까지 순순히 따라왔다.

그리고 하룻밤을 보내고 나면 왕푸첸과 친구들은 당연히 그 여자들과 관계를 끊었다.

신분 상승을 노리고 클럽에 오는 여자들이 많지만 푸얼다이 중 어느 누구도 클럽에서 만난 여자와 결혼을 하는 사람은 없다.

예외가 아주 없는 것은 아니지만 결혼을 하는 상대는 같은 푸얼다이들이다.

이미 이들에게는 배우자가 정해져 있기 때문에 비슷한 부류끼리 결혼을 하는 것이다.

즉, 연애는 따로 하고 결혼은 물주인 아버지가 정해준 상대와 한다.

뭐 클럽에서 만난 여자가 마음에 들어 첩으로 들이는 경우가 있기는 하다.

하지만 왕푸첸이나 그의 친구들은 첩을 얻을 생각은 전혀 없었다.

첩을 들이는 것도 사실 다 돈이 있어야 하는 것인데, 만약 자신들이 첩을 들이려 한다면 아마도 그들의 아버지는 이들의 자금줄을 끊어버릴지도 몰랐다.

그 때문에 왕푸첸과 친구들은 절대로 하룻밤 이상 인연을 이어가지 않고 잠깐 즐기는 선에서 끝냈다.

물론 이들이 상대를 했던 여자들이 하룻밤 인연으로 끝내

지 않으려고 매달리는 경우가 있기는 했지만 그런 이들은
이들의 아버지가 적당한 돈을 주고 떼어냈다.

그래도 떨어지지 않으려는 이들은 험한 일을 겪고는 사라
졌지만, 그들이 어떻게 되었는지까지야 신경 쓸 일이 아니
었다.

그저 오늘도 미녀를 품을 수 있다는 것이 중요할 뿐이었
다.

*   *   *

검정색 벤츠 승용차가 호텔 정문에 섰다.

"시간이 늦었는데 여기까지 바래다주시고, 감사합니다."

전창걸은 차에서 내리며 운전수에게 감사 인사를 하였다.

"아닙니다. 이게 제 할 일인데요. 내일 공항으로 가시는
길도 제가 배웅을 할 것이니 걱정하지 마십시오."

텐진 영상 제작 공사 영업부 대리인 주연발은 수현 일행
을 공항에서 픽업했던 사람 중 한 명이었다.

원래는 영업과장이 한 명 더 있었는데, 계약이 끝나고 축
하의 의미로 저녁을 함께 하면서 반주를 너무 많이 마셔서
그 혼자 수현 일행을 숙소인 호텔로 모신 것이다.

사실 수현 일행은 계약을 한 뒤 바로 다음 스케줄인 베트
남으로 떠나려 하였다.

하지만 텐진 영상 제작 공사의 영업부장인 짱리창이 사정을 하는 바람에 어쩔 수 없이 일정을 미뤘다.

원칙적으로는 그러면 안 되는 일이었지만, 일정이 급한 것도 아니고 하루 정도 여유가 있어서 가능했다.

그리고 결정적으로 수현이 국내 활동을 전혀 할 수 없는 상황이라 일을 하려면 관계자들과 원만한 관계를 맺어둬야 했기에 그런 결정을 한 것이기도 했다.

더욱이 축하하는 자리에 텐진 TV의 사장도 계약이 원만하게 합의된 것을 축하하기 위해 온다는 말에 어쩔 도리가 없었다.

그렇게 텐진 TV 사장도 참석한 저녁 만찬에서 단 두 사람만 취하지 않았다.

한 사람은 수현이었고, 다른 사람은 바로 수현 일행을 공항에서 픽업한 주연발 대리였다.

수현이야 원래 보통 사람과는 다른 신체 능력을 보유하고 있었기에 말술을 먹어도 전혀 취하지 않은 반면, 주연발은 끝까지 수현 일행을 수행해야 했기에 아예 술을 마시지 않아 취하지 않았다.

"그럼 내일 뵙겠습니다."

주연발은 수현 일행을 호텔 앞에 내려주고는 떠났다.

"많이 힘드세요?"

수현은 취기가 오르는지 연신 고개를 흔드는 전창걸을 보며 물었다.

"하아. 중국술이라 그런지 독하네."

"그럼 얼른 들어가서 쉬죠."

"그러자."

술에 취해 취기가 오르는 전창걸은 앞장서서 걸어갔다.

그런데 막 호텔의 현관으로 들어가기 전 수현의 귀를 울리는 소리가 들렸다. 수현이 아닌 다른 사람은 들을 수 없을 정도로 아주 희미한 소리였다.

"용근아."

"네?"

"난 잠시 산책 좀 하다 들어갈 테니 넌 부장님하고 먼저 들어가라."

"네, 알겠습니다. 그럼 형님도 조금만 돌아보시고 들어오세요."

매니저이기에 담당 연예인인 수현을 따라가야 하지만, 전창걸이 너무 취해 걸을 때마다 비틀거려 위태위태하였기에 어쩔 수 없이 그를 데리고 방으로 가야 했다. 해서 그렇게만 말을 하고 전창걸의 팔을 잡아 어깨를 걸치고 호텔로 들어갔다.

매니저인 전창걸과 용근이 호텔 안으로 들어가자 수현은 소리가 들렸던 곳으로 걸어갔다.

조금 전 바람결에 실려 날아오는 도움을 요청하는 소리를 들었기에 혹시 무슨 일이 있는가 확인하기 위해서였다.

호텔을 끼고 조금 돌아가니 넓은 주차장이 보였다.

하지만 주차장은 넓은 크기에 비해 가로등의 숫자가 적어서 그런지 어두침침했다.

그런데 인적이 없을 것 같은 주차장에서 사람들의 인기척이 느껴진 것뿐만 아니라 여자들의 뾰족한 고함 소리와 새된 비명 소리도 간간이 들렸다.

"야, 이 XX야! 내가 누군지 알아? 너희들, 내가 가만둘 줄 아냐고!"

"꺄악! 어떻게 해, 메이링."

"도와주세요! 누구 없어요?"

어두운 주차장 한쪽 구석에서 여자들의 목소리가 또렷하게 들렸다.

"시끄러워. 감히 계집 따위가 우리를 무시해!"

짝!

"아악!"

사내들이 여자들을 외진 곳으로 끌고 와 폭행하는 소리임을 확인한 수현은 빠르게 그곳으로 뛰어가며 소리쳤다.

"거기 누구야!"

커다란 고함 소리에 방금 전 소리가 들렸던 곳에서 여자들의 구원 요청이 더욱 크게 들려왔다.

"여기예요. 도와주세요!"

다다다닥.

폭행이 벌어지는 현장에 도착을 하니 고급 외제 차량들 사이 조금 넓은 공간에서 사내 세 명이 여자 세 명을 구석으로 몰아넣고 윽박지르고 있는 모습이 보였다.

"뭐 하는 짓들이지?"

수현은 그들이 보이자 달리던 속도를 줄여 천천히 걸어가며 물었다.

"이건 또 뭐야."

"이 새X 죽고 싶어?"

"우리 일에 껴들지 말고 그냥 관심 꺼라."

사내들은 수현에게 한마디씩 하며 위협을 하였다.

하지만 구석에 몰려 있던 여자들은 수현의 모습이 눈에 보이자 더욱 간절하게 도움을 구했다.

"살려주세요."

"클럽에서부터 우리를 따라와 위협하고 있어요. 도와주세요."

수현은 혹시 자신이 가버릴까 봐 살려달라고 애원하는 여자들을 보고는 일단 겁먹은 그녀들을 안심부터 시켰다.

"걱정하지 말고 기다리세요."

비록 흐릿한 가로등 불빛 때문에 자세히 보이지는 않았지만 여자들은 크게 어디 다치거나 한 것은 아닌 듯 보였다.

"무엇 때문인지는 모르겠지만 이만하고 가라."

수현은 사내들을 보며 단호한 목소리로 훈계를 하였다.

하지만 작정을 하고 쫓아온 사내들은 여자들을 순순히 보내줄 생각이 없었다.

더욱이 자신들의 앞에 서 있는 수현이 혼자라는 것을 확인한 뒤라 별로 두렵지도 않았다.

왕푸첸은 수현을 향해 건들거리며 다가와 말을 하였다.

"넌 부모님이 안 가르쳐 주시든? 다른 사람의 일에 함부로 껴들면 큰일 난다는 사실을 말이다."

"으음."

갑자기 부모님 이야기를 하는 왕푸첸의 말에 수현은 인상을 찡그리며 작게 신음을 하였다.

기분이 나빠 그런 것인데, 이를 들은 왕푸첸은 수현이 자신의 말에 겁을 먹었다고 생각했는지 이를 보이며 수현을 비웃었다.

"이미 늦었다. 주제를 모르는 것들은 맞아야 정신을 차리지."

휘익.

말을 하던 왕푸첸은 느닷없이 오른팔을 휘둘렀다.

자기 딴에는 기습을 한 것이지만 이를 지켜보고 있던 수현은 너무도 엉성한 기습이라 하품이 나올 정도였다.

스윽. 탁.

철퍼덕.

기습하는 왕푸첸의 주먹을 살짝 피함과 동시에 얼굴 앞으로 지나가는 손목을 잡아끌고는 한 바퀴 돌려 밀어버렸다.

　그 때문에 중심을 잃은 왕푸첸은 그 힘을 이기지 못하고 휘둘리다 엎어지고 말았다.

　"악!"

　넘어지면서 아스팔트에 쓸린 왕푸첸은 얼굴에서 느껴지는 고통에 비명을 질렀다.

　"아니, 이 자식이."

　친구가 당하는 것을 지켜보던 사내 두 명은 수현에게 고함을 지르며 달려들었다.

　퍽.

　하지만 수현에게 달려들던 두 사람은 갑자기 눈앞이 번쩍하더니 아무것도 볼 수가 없었다.

　순간적인 충격에 신경이 제대로 작용을 하지 못하고 암전이 된 것이다.

　"어머."

　수현이 한순간에 사내들 세 명을 제압하는 모습을 본 여자들은 언제 비명을 질렀냐는 듯 놀라 감탄성을 질렀다.

　"거기, 괜찮습니까?"

　쓰러진 사내들을 뒤로하고 수현은 여자들에게 천천히 다가가며 물었다.

　"네, 저희는 괜찮아요."

다른 친구들보다 조금 과감한 성격인 메이링이 나서서 수현의 질문에 대답을 하였다.

"어머."

"아아!"

수현이 가까이 다가온 덕분에 가로등 불빛에 얼굴을 확인한 여자들은 조금 전과는 다른 의미에서 감탄성을 터뜨렸다.

"감사합니다."

"감사해요."

방금 전까지만 해도 혹시 또 다른 위험한 일이 생길까 두려워 메이링의 뒤에 숨어 있던 양시시와 진샤오린이 메이링의 앞으로 나오며 인사하였다.

"무사하다니 다행입니다. 그런데 이들은 어떻게 하시겠습니까?"

수현은 자신에 의해 쓰러진 사내들을 돌아보며 물었다.

"이 새X, 너 여기 있어!"

가장 먼저 수현에게 달려들었다가 엎어졌던 왕푸첸이 자리에서 벌떡 일어나더니 달아났다.

그는 쓰러진 친구도 놔두고 혼자 도망을 친 것이다.

"어휴, 저런 것도 사내라고."

도망치는 왕푸첸의 모습에 이를 지켜보던 양시시가 한 소리 하였다.

"그러게 말이다. 꼴에 우리가 예쁜 것은 알아가지고 클럽 서부터 우릴 따라오더니."

친구들도 놔두고 도망친 왕푸첸 때문에 잠시 어처구니없는 상황이 연출이 되었지만 여자들은 얼른 정신을 차리고 수현의 곁으로 모여들었다.

"구해주셔서 감사해요. 전 리메이링이라고 해요."

메이링은 밝은 곳으로 나와 수현을 보며 다시 한 번 감사 인사를 하였다.

"전 양시시예요. 정말 감사합니다."

"진샤오린이라고 합니다. 구해주셔서 감사합니다."

메이링에 이어 양시시와 진샤오린도 자신들의 얼굴이 조금 전 사내들의 겁박에 울어서 엉망이 된 것도 모르고 밝게 웃으며 수현에게 감사 인사를 하였다.

하지만 다소곳한 태도와는 다르게 밝은 곳에서 드러난 그녀들의 얼굴은 눈물과 콧물로 인해 화장이 번져 희극배우 저리 가라 할 정도로 웃겼다.

"풋."

수현에게 감사 인사를 하기 위해 밝은 곳으로 나왔던 여자들은 순간적으로 친구들의 얼굴을 보다 자신도 모르게 웃었다.

친구의 엉망이 된 얼굴이 너무도 웃겼기 때문이다.

하지만 정작 자신도 비슷한 상황이란 것은 깨닫지 못하고 있었다.

"메이링, 샤오린, 너희 얼굴 너무 웃겨."

양시시는 친구들의 얼굴을 보며 배를 잡고 웃었다.

"풋. 너는 어떻고. 네 얼굴, 저우싱츠보다 더 웃긴 것 같아."

그녀들은 서로의 얼굴을 보며 그렇게 한참을 웃었다.

수현은 그녀들이 어느 정도 안정을 찾을 때까지 기다렸다가 말을 걸었다.

"일단 좀 더 안전한 곳으로 가죠. 이곳은 호텔 인근이라고는 하지만 상당히 외진 곳이라 위험할 수도 있으니."

"네."

수현의 말에 여자들은 어떤 의문도 품지 않고 따랐다.

그게 전적으로 수현의 말이 맞았기 때문이다.

솔직히 여자들도 이곳에 올 생각은 없었다.

다만, 클럽에서부터 치근거리며 따라붙는 그들을 피하기 위해 자신들의 차가 있는 곳으로 가려다 낭패를 본 것이다.

시간이 늦었다는 것을 인식하지 못하고 행동했던 이들의 부주의가 왕푸첸이나 사내들이 그런 범죄 행위를 하는 데 어느 정도 일조를 한 부분도 있었다.

저벅. 또각.

어두운 주차장을 걷는 수현과 메이링, 그리고 친구들은 조금 전 있었던 일은 잊은 듯 밝은 목소리로 이야기를 나

넀다.

하지만 이들의 화기애애한 분위기도 순간 끝이 났다.

막 주차장을 벗어나려던 때, 조금 전 도망쳤던 왕푸첸이 돌아온 때문이다.

하지만 그는 혼자가 아니었다.

어디서 데려온 것인지는 모르겠지만 검은 양복을 입은 사내 세 명과 함께였다.

짧은 머리를 하고 있는 사내들은 언뜻 봐도 평범한 사람은 아니었다.

'경호원인가?'

수현이 보기에 왕푸첸의 뒤에 서 있는 모습이 단순한 깡패나 양아치가 아니라 한때 수현도 경험을 해보았던 경호원 같았다.

"뭐야. 조금 전 도망치더니 또 사람을 불러온 거야?"

양시시는 또다시 나타난 왕푸첸을 보며 소리쳤다.

"닥쳐. 조금 전에는 내가 방심을 했지만, 각오해. 넌 사람 잘못 건드렸어."

양시시의 말에 화가 난 왕푸첸은 그녀에게 고함을 지르고 난 뒤 뒤이어 수현을 돌아보며 위협하였다.

하지만 이를 지켜보는 수현은 너무도 가소로웠다.

자신은 프로 격투기 선수도 1회에 KO를 시킨 사람이다.

더욱이 그 사람은 평범한 선수도 아니고 그 체급에서는

세계에서도 알아주는 1류 선수였다.

아무리 경호원이라고 하지만 싸움에 있어서 프로 격투기 선수와 비교를 하면 대부분 격투기 선수가 유리했다.

그도 그럴 것이, 전문적으로 격투기는 운동이라기보단 싸움에 가까웠다.

싸움의 기술을 조금 더 체계화시킨 프로 싸움꾼, 그것이 바로 프로 격투기 선수인 것이다.

그런 프로 격투기 선수도 자신의 앞에서 호랑이 앞의 하룻강아지에 지나지 않았는데, 겨우 경호원 세 명을 더 데려온 정도로 자신의 앞에서 위세를 떨고 있으니 참으로 가소로웠다.

더욱이 수현은 다대일의 싸움 경험도 있었다.

일류 조폭은 아니었지만 두 자리 수의 인원과 조폭들을 때려눕혔던 경험도 가지고 있기에 수현은 어떤 싸움도 자신이 있었다.

"그렇게 자신 있나?"

자신의 앞에서 한껏 기고만장한 왕푸첸의 모습에 수현은 피식 미소를 지어 보이며 물었다.

"홋. 네가 이들을 몰라서 그러나 본데, 나와 내 친구들의 보디가드인 이들은 북경 무술 학원 출신들이다. 모두 우슈 고수들이지. 알아들었나?"

왕푸첸은 자신이 데려온 경호원들의 실력을 믿는 것인지

스타나이프

장황하게 그들에 대해 떠들었다.

메이링이나 양시시 등은 왕푸첸이 데려온 이들이 북경 무술 학원 출신이란 말에 순간 당황했다.

중국에는 많은 무술 학원들이 있다.

많은 사람들에게 알려진 문파의 무술을 가르치는 학원이 있는가 하면 군에서 사용하는 현대의 살상 무술을 가르치는 곳도 있었다.

전통 무술을 가르치는 학원으로는 소림사와 무당파가 운영하는 무술 학원이 가장 유명하고, 두 번째 언급한 살상 무술, 군대 무술을 가르치는 학원으로 유명한 곳으로는 방금 전 왕푸첸이 언급한 북경 무술 학원이 대표적이었다.

북경 무술 학원은 중국 전통 무술에 현대 스포츠 과학과 운동역학 등을 접목하여 만든 살상 무술을 가르쳤다.

그 때문에 그곳에는 특수부대 출신의 사범들이 많았고, 북경 무술 학원 출신들은 그래서 군부대나 아니면 재벌들의 보디가드로 진출하는 이들이 많았다.

"그래서 어쨌다는 것이지?"

왕푸첸의 이야기를 들은 수현은 어디 개가 짖나 하는 듯 물었다.

자신의 협박에도 아무런 감흥도 없다는 수현의 반응에 왕푸첸은 순간 당황했다.

"젊은 사람이 겁이 없군."

왕푸첸의 뒤에서 그가 하는 모습을 지켜보던 보디가드 한 명이 앞으로 나오며 말을 하였다.

자신들의 출신을 들었으면서도 아무런 표정 변화도 없는 수현의 모습에 자존심이 상해 나선 것이다.

"훗. 나도 지금의 직업을 가지기 전에는 당신들처럼 경호원을 한 때도 있었고, 또 내가 한 싸움 하거든."

수현은 경호원의 말을 들으면서 별거 아니란 듯 대답을 하였다.

"그래? 그럼 어디 실력을 볼까?"

앞에 나섰던 사내는 그렇게 말을 하고는 수현을 향해 다가왔다.

"하압!"

수현과 2m 정도 떨어진 곳에서 느닷없이 기합을 지르고는 몸을 낮추고 달려들었다.

마치 선불 맞은 황소마냥 저돌적으로 달려든 것이다.

격투기 선수의 태클보다는 럭비나 미식축구의 라이너들이 하는 바디첵에 가까운 공격이었다.

하지만 일반인과 남다른 신체 능력을 가진 수현에게는 별로 위협적이지 않았다.

그렇지만 이를 지켜보는 메이링이나 양시시 등은 상당히 빠르고 저돌적인 경호원의 공격에 수현이 걱정되었다.

'어떻게 해.'

'다치면 안 되는데.'

퍽!

그렇게 달려들던 경호원과 수현이 교차하려는 순간 마치 가죽 북을 치는 듯한 묵직한 소리가 들렸다.

"어어……!"

수현의 품에 위협적으로 달려들던 경호원이 억눌린 비명을 지르고 그 자리에 주저앉고 말았다.

언제 공격을 했는지 수현의 무릎이 경호원의 아랫배에 깊숙이 들어간 것이다.

달려드는 경호원을 살짝 비켜난 상태에서 몸이 교차할 때 무릎을 들어 하복부를 공격한 것이 제대로 카운터로 들어갔다.

그 때문에 경호원은 덩치가 무색하게 단 한 방에 전투력을 상실해 버렸다.

한편, 믿었던 경호원이 단 한 수에 나가떨어지자 왕푸첸은 참지 못하고 고함을 질렀다.

"뭐 해! 보고만 있을 거야!"

하지만 왕푸첸의 호통에도 처음 나섰던 경호원과 다르게 뒤에 있던 두 명의 경호원은 좀처럼 그의 앞으로 나서지 않았다.

"너희가 모시는 중번과 결륜이 저놈에게 맞았는데, 복수해 주지 않을 것이야?!"

자신의 말에도 뒷짐만 지고 있는 경호원들에게 조금 전 있었던 자신과 함께인 친구들의 일을 언급하였다.

그러자 경호원들이 곤란한 기색을 표했다.

"으음."

왕푸첸의 뒤에 있던 경호원들은 그의 경호원이 아닌 그의 두 친구들을 보호하는 경호원이었다.

아니, 정확하게는 사고뭉치인 두 사람의 아버지가 그들이 큰 사고를 치지 못하게 감시하기 위해 붙여둔 사람들이다.

아무리 자신들이 재벌이라 불리지만 중국에는 자신들보다 더 많은 돈을 가지 재벌과 재벌 이상의 권력을 가진 군벌들과 고위 공직자들도 있었다.

그러니 망나니와 같은 아들이 혹시나 그런 이들과 연관된 자들과 트러블이 생길까 걱정이 되어 감시와 함께 보호를 할 목적으로 이들을 곁에 붙여두었다.

그리고 왕푸첸의 경호원 또한 비슷한 목적으로 아버지가 그에게 붙여둔 경호원이었다.

하지만 그는 이들 두 사람과 다르게 자신의 실력을 너무도 과신한 나머지 경거망동을 하였다가 수현에게 당한 것이다.

실력적으로는 비슷한 그가 단 한 수에 당하는 모습을 보았기에 두 사람은 선뜻 나서기가 두려웠다.

비록 단 한 수였지만 수현이 보여준 움직임은 결코 일반인의 움직임이 아니라 고수의, 자신들보다 몇 수 위 고수의 움직임이었다.

그래서 왕푸첸의 닦달에도 자신들의 고용주가 아니기에 나서진 않은 것인데, 그의 입에서 자신들이 보호해야 할 대상이 당했다는 말을 듣고는 더 이상 뒤로 뺄 수가 없게 되었다.

"어쩔 수 없군."

"그러게 말이야."

두 사람은 어쩔 수 없이 앞으로 나서게 되자 작게 중얼거렸다.

그런 두 사람을 본 수현은 나지막하게 말을 하였다.

"두 사람은 그래도 보는 눈이 있는 것 같은데, 괜히 휘둘리지 말고 당신들이 보호해야 할 대상이 저기 있으니 가보라고. 지금쯤이면 깨어났을 테니."

"으음."

수현의 말을 들은 두 사람은 또다시 신음을 하였다.

가까이 있던 두 사람만 들을 수 있게 작게 중얼거린 것인데, 거리가 어느 정도 떨어져 있는 수현이 그 말을 들었다는 것에서 두 사람은 그가 보통 사람이 아님을 다시 한 번 깨달았다.

"그렇게 말을 한다면 저희도 굳이 충돌을 원하지 않습니다."

수현이 양보하겠다고 말을 하는데 굳이 질 것을 알면서

들이댈 생각은 없었다.

괜히 맞아봐야 자신만 손해일 것이 눈에 선했기 때문이다.

"뭐, 뭐야. 너희, 그러고도 무사할 것 같아?"

친구들의 경호원인 두 사람이 수현과 싸우지 않으려는 모습을 보이자 왕푸첸이 당황하며 화를 냈다.

하지만 두 사람은 그런 왕푸첸은 신경도 쓰지 않았다.

"내가 받은 지시는 진 회장님의 아들 진중번이 큰 사고를 치지 않게 감시하고, 막을 수 있으면 막으라는 것이었소."

한 사내가 왕푸첸의 말에 작게 대답을 하고 어두운 주차장 쪽으로 걸어갔다.

"나 또한 비슷한 지시를 받았을 뿐이오."

또 다른 경호원 또한 같은 말을 하고 그를 따라갔다.

자신을 따라왔던 친구들의 경호원이 갑자기 다른 곳으로 가버리자 혼자 남게 된 왕푸첸은 순간 당황했다.

자신의 경호원은 이미 상대에게 당해 쓰러진 상태고 이제 남은 것은 자신 혼자뿐이기 때문이다.

"이이……."

당한 것을 복수하기 위해 부끄러운 것도 무시하고 경호원을 불러왔다.

그런데 정작 상황은 자신의 뜻대로 되지 않아 당황하다 보니 그의 입에선 어떤 말도 나오지 않았다.

Chapter 3

리메이링

휘이잉.

늦은 시각 인적이 드문 주차장 입구. 왕푸첸은 싸늘한 찬 바람이 그의 얼굴을 스치고 지나감에도 주체하지 못할 분노가 끓어올라 추운 것도 몰랐다.

"으으."

어떻게 하면 끓어오르는 분노를 풀 수 있을까 생각을 하고 있는데, 그의 귓가로 자신의 경호원인 리샤오붕의 신음 소리가 들렸다.

"병신."

자신의 명령으로 나섰던 리샤오붕이 아무런 힘도 써보지

못하고 수현에게 당하는 것을 보았다.

질 때 지더라도 뭔가 보여주었다면 상관없었을 테지만 리샤오붕은 그러지 못했다.

"넌 해고야. 뭐가 최고의 경호원이야."

북경 무술 학원 출신들은 중국 내에서 최고의 보디가드로 정평이 난 상태다.

그 때문에 다른 무술 학원 출신의 경호원들보다 배는 높은 월급을 받는다.

리샤오붕도 마찬가지였다. 그는 북경 무술 학원에서 무술을 배우고 중국 무장 경찰, 무경 특수부대인 설표에서 활약을 하다 왕푸첸의 아버지 왕하오가 경호원으로 데려온 인재다.

자신이 무경 특수부대인 설표 출신이란 것을 언제나 자랑하고 다니던 리샤오붕이었다.

그래서 맞은 것에 대해 복수하기 위해 불러온 것인데, 단 한 수에 나가떨어지는 모습에 왕푸첸은 실망을 하였다.

"설표 출신이라고 해서 기대를 했는데, 별거 아니었어. 퉤에."

쓰러져 신음을 하고 있는 리샤오붕을 보며 중얼거린 왕푸첸은 끝에 그를 향해 침을 뱉고 돌아섰다.

한편, 수현이 날린 니킥을 복부에 제대로 맞아 쓰러져 신음을 흘리던 리샤오붕은 아랫배에서 올라오는 찌릿한 고통 때문에 자리에서 일어나지 못하고 고통이 가시기를 기다리고 있었다.

그렇게 고통을 참고 있었는데, 왕푸첸이 하는 말소리가 고스란히 그의 귀로 들렸다.

'제길.'

평소 자신의 출신에 대한 자부심이 강한 리샤오붕은 왕푸첸이 중얼거린 말에 화가 나기 시작했다.

'감히 날, 이 리샤오붕을 무시해? 가만두지 않겠다.'

자신을 향해 침을 뱉고 사라지는 왕푸첸의 등을 보며 리샤오붕은 그렇게 칼을 갈았다.

*　　　　*　　　　*

쿵쿵. 짝.

신나는 음악 소리에 맞춰 현란한 조명이 어두운 공간을 가르고, 그에 따라 사람들이 연신 몸을 흔들고 있었다.

수현은 2층 룸에 나 있는 창을 통해 그런 춤을 추고 있는 사람들을 구경하고 있었다.

조금 전, 주차장에서 리메이링과 양시시, 그리고 진샤오린을 불한당들에게서 구해주었다.

본래는 그들을 안전한 곳으로 데려다주고 자신은 내일 스케줄을 위해 쉬려고 하였다.

하지만 수현에게 구함을 받은 여자들은 빛이 훤한 곳으로 나와 수현의 얼굴을 제대로 확인하고 나자 이대로 그냥 보낼 수가 없었다.

설마 자신들을 위기에서 구해준 사람이 현재 중국에서 최고의 한류 스타라 불리는 수현일 줄은 상상도 하지 못했었기 때문이다.

처음엔 그저 정의감 넘치는 특이한 사람이라고만 생각했기에 안전한 곳에 가면 정체를 물어보고 약간의 보상을 해줄 생각이었다.

그런데 밝은 곳에 와서 정체를 물어보려다 수현을 보고 깜짝 놀랐다.

그렇지 않겠는가. 팬이라고까지는 할 수 없지만, 그래도 한국의 최고 아이돌 그룹인 로열 가드는 잘 알고 있었다.

더욱이 그제하고 어제 북경에서 열린 로열 가드의 콘서트도 구경을 갔었다.

그러니 로열 가드의 리더인 수현의 얼굴을 확실하게 기억하고 있어 방금 전 자신들을 위기에서 구해준 수현의 정체를 듣지 않아도 알 수 있었다.

그 때문에 잠시 호텔 입구에서 작은 소란이 일어났고, 그녀들은 수현과 그냥 헤어지기 아쉬워 함께 술을 한잔하자고 떼를 썼다.

여자 세 명이 모이면 접시가 깨진다고 했던가. 그만큼 여자들의 수다가 데시벨이 높다는 이야기다.

그런데 중국 여자들의 목소리는 어찌나 크고 시끄러운지 그 잠깐 듣는 사이 수현은 머리가 울려 환청이 들릴 지경이었다.

수현은 그런 고통에서 빨리 벗어나기 위해 어쩔 수 없이 그녀들의 제안을 받아들이고 여기까지 오게 된 것이다.

"그런데 텐진은 어쩐 일이에요?"

양시시는 수현의 얼굴을 뚫어질 듯 바라보며 물었다.

팬은 아니지만 로열 가드의 일정 등은 어제 콘서트장에서 받은 안내장에서 보았다.

로열 가드의 북경 콘서트는 로열 가드의 아시아 투어의 일환이며, 어제 북경 콘서트를 시작으로 다음에는 베트남의 수도 하노이에서 내일과 모래 이틀간 공연을 한다.

그리고 필리핀으로 이동을 하고 그곳에서 또 이틀, 그리고 다시 말레이시아에서, 그리고 태국과 인도를 찍고 일본에서 마지막 콘서트를 함으로써 아시아 투어를 종료한다고 적혀 있었다.

그렇기에 로열 가드의 일정과 전혀 상관이 없는 텐진에 로열 가드의 리더 수현이 온 것에 궁금해하는 것이다.

"응, 이번에 텐진 TV에서 무협 드라마를 제작 방영하려고 하는데, 그곳에서 출연 제의가 들어와서."

수현은 자신의 앞에 놓인 술잔을 들어 한 모금 마시고 담담하게 대답을 해주었다.

"와아! 그게 정말이에요?"

예전부터 말이 많았다. 수현이 출연했던 드라마 울프독이 중국에서 방영이 되었을 때, 사람들은 엄청 놀랐다.

아이돌 가수라고 알려진 수현이 처음 출연하는 드라마에서 연기는 물론이고, 무술 실력도 뛰어나고, 현지인처럼 중국어를 술술 아무런 막힘 없이 하는 모습에 놀란 것이다.

그런 소문은 있었다. 한국의 로열 가드라는 신인 아이돌 그룹은 해외 공연을 하면 현지 팬들을 위해 그 나라 말로 노래를 불러준다는 이야기 말이다.

사실 그런 소문이 돌기는 했지만 사람들은 잘 믿지 않았다.

일부 그룹들이 그런 식으로 여론몰이를 하기는 했지만 알고 보니 노래 한 곡을 전문가에게 번역을 맡기고 번역된 가사를 외우는 수준으로 불러주는 것이었다.

그렇기에 사람들은 로열 가드의 팬들이 하는 이야기를 그대로 믿지 않았다.

물론 그 정도만 돼도 엄청난 팬 서비스라 생각하기는 했지만 그 정도의 관심뿐이었다.

그런데 수현이 드라마에서 맡은 중국인 보디가드 역할에서 너무도 자연스러운 중국어를 하는 모습을 보고 깜짝 놀랐다.

어쩌면 로열 가드의 팬들이 하는 이야기가 사실일지도 모른다는 생각이 들었다.

그리고 그런 관심 때문에 로열 가드에 대해 더욱 알고 싶어지고, 나중에는 로열 가드의 행보를 따라가며 사람들은 소문이 사실이란 것을 알고 열광하기 시작했다.

그러면서 로열 가드의 인기는 당연히 급상승했다.

관심은 거기서 그치지 않았다.

팬들은 연기도 하는 수현을 자국 드라마에서 보고 싶다는 생각에 청원을 하기 시작했다.

하지만 팬들의 청원은 성사되지 않았다.

그도 그럴 것이, 로열 가드 그리고 수현의 스케줄은 너무도 빡빡했기 때문이다.

특히나 수현은 로열 가드 활동과 함께 연기도 해야 했기에 다른 멤버들보다 더욱 바쁜 스케줄을 소화하고 있어 외국 드라마 출연은 불가능했다.

그런데 작년 발생한 스캔들로 인해 수현이 연예인의 사생활이 보장받지 못하는 한국에서의 활동을 전면 중단하겠다고 선언을 한 것이다.

그 때문에 수현의 스케줄은 로열 가드의 해외 공연뿐이라 여유가 있었다.

이러한 사실을 포착한 텐진 TV에서 재빠르게 행동을 하여 수현을 자신들이 제작하는 드라마에 섭외한 것이다.

이런 깊은 이야기까지는 할 필요가 없기에 수현은 간단하게 텐진 TV에서 방영하는 드라마에 출연 계약을 하기 위해 왔다는 말만 들려주었다.

질문을 했던 양시시나 이를 옆에서 듣고 있던 메이링과 진샤오린은 눈을 반짝이며 수현의 이야기에 환호하였다.

"그럼 언제부터 오빠를 드라마에서 볼 수 있는 것이에요?"

메이링은 어느새 수현에게 오빠라 친근하게 부르며 질문을 하였다.

"로열 가드의 아시아 투어가 끝나면 바로 드라마 촬영에 들어가기로 했어."

사실 수현이 계약한 텐진 TV에서 방영될 드라마 대금위는 이미 제작에 들어갔어야 할 작품이었다.

하지만 중요한 배역 하나가 중간에 펑크가 나버렸다.

아니, 펑크가 났다고 하기보단 촬영 중 사고로 배우가 부상을 당해 새로 섭외를 해야 할 지경에 일었는데, 맡을 역할이 역할이다 보니 배역에 맞는 배우를 찾기가 어려웠다.

연기가 되는 배우는 신체 조건이 맞지 않거나 배역에 맞는 액션 연기를 하지 못하고, 또 반대로 액션 연기가 되는 배우는 또 다른 조건에서 맞지 않았다.

그렇다고 한 배역을 가지고 복수의 배우를 고용할 수는 없는 일이기에 촬영은 차일피일 미뤄지게 되었다.

그러다 수현이 아시아 투어의 시작으로 중국에 온 것을 알게 된 텐진 영상 제작 공사의 영업부장 짱리창이 못 먹는 감 찔러나 본다는 심정으로 제안을 했던 것이다.

그런데 킹덤 엔터에서도 짱리창의 제안이 나쁘지 않다고 판단해 수현에게 의사를 물어보았다.

한편, 수현은 스캔들의 후유증을 극복하기 위해 일을 찾던 중이었다.

로열 가드가 아시아 투어를 시작했지만 기간도 넉넉하고 다른 스케줄도 없기에 쉬는 시간만 되면 딴생각이 들어 힘들었다.

그래서 해외 드라마 섭외가 들어왔다는 회사의 말에 관심을 보였다.

그렇다고 아무 작품이나 들어갈 생각은 없었다.

일은 하고 싶지만 말도 되지 않는 이상한 작품에 출연할 생각은 눈곱만큼도 없었다.

그러나 회사에서 넘겨준 드라마 대본을 본 수현은 흥미가 생겼다.

중국 명나라를 배경으로 하는 황궁 내의 암투와 내시부와 황족을 호위하는 친위대인 금의위 간의 권력 투쟁 등 시청자들에게 흥미를 끌 요인이 많았다.

더욱이 자신에게 주어지는 역할도 꽤 마음에 들었다.

그래서 콘서트가 끝나자 계약을 위해 텐진으로 온 것이다.

"와. 그럼 늦어도 봄에는 오빠를 TV로 볼 수 있다는 말이네?"

"내가 듣기로도 그렇게 들었어. 사고 때문에 드라마를 사전에 모두 제작하지 못하고, 일부 먼저 제작한 것을 TV에서 방영을 하면서 나머지 분량도 제작 진행할 거라고 하더라고."

중국 드라마는 모두 사전 제작이 원칙이다.

정부의 심의 규제를 통과한 작품만 방송할 수 있기 때문이다.

만약 촬영된 영상이 심의를 통과하지 못하면 전량 다시 찍어야 하니 아예 사전 제작을 하여 심의를 받는 것이다.

하지만 이번 드라마는 내부 사정상 그렇게 할 수가 없어 어쩔 수 없이 일부만 사전 제작을 하고 나머지는 방송과 함께 진행을 해야만 했다.

그러니 사실 일정이 무척이나 빡빡했는데, 인기가 많은 한류 스타인 수현을 위해 촬영을 수현의 아시아 투어 일정이 끝난 뒤로 미룬 것이다.

수현이 한참 메이링, 그리고 그녀의 친구들과 이야기하고 있을 때 전화벨이 울렸다.

뚜루룩. 뚜루룩.

이야기를 나누던 중 그들은 전화벨 소리에 각자 자신의 휴대폰들을 확인하였다.

"내 전화네. 잠시 통화 좀 하고 올게."

수현은 자신의 휴대폰에서 벨이 울린 것을 확인하고 양해를 구한 뒤 밖으로 나와 전화를 받았다.

"응. 호텔 지하에 있는 클럽이다."

전화를 건 사람은 매니저인 용근이었다.

잠시 산책 좀 하다 오겠다고 했던 수현이 한 시간이 지나도 돌아오지 않아 전화를 한 것이다.

수현이 용근과 통화를 하던 중 시간을 확인해 보니 텐진 영상 제작 공사 관계자들과 저녁을 먹고 헤어진 지 벌써 한 시간이 넘게 지났다.

"좀 일이 있었는데, 곧 올라갈게."

탁.

용근과 통화를 끝낸 수현은 피곤한 것은 아니지만 내일 비행기를 타기 위해선 그만 올라가야 할 것 같았다.

덜컹.

방금 전 나왔던 특실을 다시 들어간 수현은 메이링과 그녀의 친구들에게 작별 인사를 하였다.

"매니저의 전화였어. 내일 오전에 비행기를 타야 해서 이만 가봐야 할 것 같네."

"오빠, 더 놀다 가시면 안 돼요?"

작별 인사에 메이링과 친구들이 수현을 붙잡았다.

하지만 만남이 있으면 헤어짐도 있는 것이다.

우연한 인연으로 만나기는 했지만 이만 끝을 맺어야 했다.

오랜만에 일반 여성들과 대화를 하다 보니 기분은 새로웠지만 이 이상 인연을 이어가서는 안 되는 일이다.

일탈은 이 정도가 좋다고 판단을 한 수현은 자신을 붙잡는 그녀들에게 미소를 보이며 작별 인사를 하였다.

"너희도 너무 늦게까지 있지 말고 그만 들어가. 오늘 그런 일도 있었으니 다음부터는 조심하고. 그럼 Bye."

수현은 작별 인사를 하고 나갔다. 메이링과 친구들이 붙잡으려 불렀지만, 수현은 뒤도 돌아보지 않고 자리를 떠났다.

그런 수현의 모습에 메이링과 친구들은 아쉬운 마음이 들었다.

"아. 좀 더 오빠랑 이야기 나누고 싶었는데."

"그러게. 수현 오빠는 인기 스타이면서 그런 티도 내지 않고 너무 편했어."

양시시와 진샤오린은 떠난 수현에 대한 아쉬움을 나누며 이야기를 하였다.

메이링도 두 친구들의 이야기를 들으면서 뭔가 진한 아쉬움을 느꼈다.

"얘들아."

"왜?"

"우리 내일 베트남으로 수현 오빠 콘서트 보러 갈까?"

느닷없는 메이링의 말에 두 친구들은 두 눈을 동그랗게 뜨며 놀랐다.

그러나 놀람도 잠시, 양시시가 아쉬운 표정으로 중얼거렸다.

"가는 것이야 갈 수도 있지만, 콘서트 티켓은 어떻게 하려고?"

"맞아. 티켓도 없이 어떻게 공연장에 들어가려고?"

양시시의 말을 받아 진샤오린이 티켓도 없이 어떻게 공연을 보러 갈지 물었다.

"잠시만."

티켓을 구하는 문제를 언급하는 두 친구들의 이야기에 메이링은 잠시 이야기를 중단하고 어디론가 전화를 걸었다.

"진샹, 부탁할 것이 있는데."

메이링은 톈진 시 시장인 아버지의 비서인 진샹에게 전화를 건 것이다.

"나 내일 친구들하고 베트남에서 하는 로열 가드의 공연을 보러 가려는데 티켓 좀 구해줘."

메이링은 다짜고짜 내일 있는 로열 가드의 콘서트 티켓을 구해달라고 부탁을 하였다.

더욱이 중국에서 하는 콘서트도 아니고 외국인 베트남에서 하는 콘서트의 티켓을 말이다.

"세 장이야. 내 거하고 친구들 것까지 해서 세 장. 무조건 구해."

탁.

메이링은 자신의 할 말만 하고는 바로 전화기를 끊어버렸다.

"메이링, 누군데 베트남에서 열리는 티켓을 구해달라고 부탁을 하는 거야?"

진샤오린은 메이링이 막무가내로 티켓을 구해달라며 통화를 끝낸 것에 놀라며 물었다.

"응, 우리 아빠 비서 아저씨."

"앵? 아저씨 비서가 로열 가드의 티켓을 구할 수 있어?"

양시시는 메이링의 대답에 의아한 표정으로 물었다.

"으응, 아마 구할 수 있을 거야."

구할 수 있다는 말을 하기는 했지만 솔직히 메이링도 자신은 없었다.

중국 내라면 자신 있게 대답을 할 수 있겠지만 자신들이 구해달라고 한 공연 티켓은 중국이 아닌 베트남에서 하는 콘서트 티켓인 탓이었다.

*   *   *

"안녕히 가십시오."

수현이 클럽을 나오자 입구에 서 있던 웨이터들이 인사를 하였다.

그런 웨이터들에게 수현은 말없이 살짝 고개를 숙이며 인사를 받아주고는 호텔 로비로 연결된 복도를 걸어갔다.

"아하. 여기 있었네."

막 호텔 로비로 들어서려던 때 누군가 수현에게 아는 척을 하였다.

예약한 객실로 가기 위해 걸어가던 수현은 걸음을 멈추고 소리가 들린 곳으로 고개를 돌렸다.

그곳에는 조금 전 호텔 밖에서 싸웠던 경호원하고 다른 몇 명의 사내들이 자신을 노려보고 있었다.

"무엇 때문에 날 또 찾아온 것이지? 혹시 아까 전의 복수를 하려고 찾아온 것인가?"

수현은 혹시나 하고 물어보았다.

"그렇게 당하고 그냥 넘어가기에는 내 자존심이 허락지 않아서."

리샤오붕은 조금 전 당했던 것이 생각나 인상을 찌푸리며 수현을 쳐다보았다.

"조금 전에는 내가 방심을 해서 그렇게 당했지만 이번에는 다를 것이다."

이번엔 다를 것이라 말을 하는 리샤오붕, 하지만 수현이 보기에는 겁먹은 개가 동료들을 불러와 숫자의 우위를 바탕으로 크게 짖는 모습으로 보일 뿐이었다.

"하압!"

조금 전에도 그랬듯 리샤오붕은 이곳이 호텔 로비와 연결된 복도란 것도 무시하고 커다란 기합을 지르고 수현에게 달려들었다.

그런데 리샤오붕과 함께 온 자들은 일절 리샤오붕의 일에 끼어들지 않고 조용히 이를 지켜보았다.

그런 사내들의 모습에 수현은 잠시 달려드는 리샤오붕과 그들을 번갈아 지켜보다 가까이 접근한 리샤오붕의 공격을 몸을 살짝 틀어 흘렸다.

"이익, 제대로 하란 말이다!"

자신의 공격을 그냥 피하기만 하는 수현에게 리샤오붕이 소리쳤다.

그도 그럴 것이, 무술 학원에서 사범이 수련생들을 상대로 대련할 때처럼 반격은 하지 않고 그냥 공격을 슬쩍슬쩍 흘리고만 있었기에 모멸감이 들어 그러한 것이다.

하지만 수현이 그러는 것에는 이유가 있었다.

사실 리샤오붕을 공격해 제압하는 것은 수현에게 너무도 쉬운 일이었다.

그의 공격을 흘리면서 드러나는 빈틈에 주먹 한 방을 먹여주면 끝나는 일이다.

그렇지만 수현은 그렇게 하지 않았다.

일단 첫 번째 이유는 수현이 외국인이기 때문이다.

이곳은 호텔이다. 그렇기에 보안을 위해 곳곳에 CCTV가 설치가 되어 있기에 호텔 안에서 소란을 피운다면 바로 보안 요원이 달려올 것이고, 또 중국 경찰인 공안이 달려올 것이다.

그리고 두 번째 이유가 바로 지금 말한 공안이었다.

중국 공안은 한국이나 미국 등 일반 나라의 경찰과는 확연히 다른 조직이다.

유사한 점은 있지만 크게 다른 점은 바로 중국 공산주의 국가 체제를 위해선 재판 없이 즉결심판도 가능할 정도로 권력이 막강하다는 점이었다.

뿐만 아니라 이들은 자신들에게 유리하도록 증거 조작도 심심치 않게 자행한다.

그리고 부패지수도 상당히 높아 외국인이 중국 공안과 엮이게 되면 큰 낭패를 보는 경우가 많았다.

그렇기에 일부러 리샤오붕의 빈틈을 보면서도 공격을 하지 않는 것이다.

"뭐야, 샤우붕, 너 왕 회장에게 가더니 편했나 보구나."

계속해서 수현에게 농락을 당하고 있는 리샤오붕을 보며 뒤에 있던 그의 동료들이 야유를 보냈다.

정작 그들은 이 싸움에 끼어들 생각이 없는지 팔짱을 끼고는 리샤오붕과 수현의 드잡이를 구경하며 입으로만 떠들었다.

"광랑 리샤우붕이 강아지가 되었네. 하하하."

무경 특수부대인 설표에 있을 때만 해도 리샤우붕은 광랑, 즉 미친 늑대라 불렸다.

출동을 하면 마치 한 마리 늑대가 광기를 드러내고 대지에서 날뛰는 것마냥 거칠었기 때문이다.

그런데 수현을 상대로 단 한 차례의 공격도 성공을 시키지 못하고 허우적거리는 모습에 그의 동기들이 비웃은 것이다.

사실 이들은 리샤오붕과 설표 부대에 있을 때 함께했던 동료들이다.

그런데 리샤오붕이 재벌인 왕하오 회장에게 발탁이 되어 경호원으로 들어가게 되면서 사이가 틀어졌다.

같은 부대에서 부대낄 때는 그렇지 않았지만 리샤오붕이 왕하오 회장의 곁으로 가면서 그가 부대에 남은 동기들을 조금씩 무시하기 시작했다.

물론 그건 리샤오붕이 전혀 의식하고 하는 것이 아니었다.

재벌의 경호원으로, 그리고 재벌 2세인 왕푸첸을 따라다니며 보고 배운 것 때문에 그리된 것이다.

마치 여우가 호랑이의 가죽을 둘러쓰고 호가호위를 하듯 왕푸첸을 경호하면서 자신도 모르게 물이 든 것이다.

즉, 경호원인 자신도 다른 일반 중국인들과는 다르다는 선민의식이 쌓이게 되었다.

그러다 보니 어쩌다 한 번씩 비번일 때 옛 동기들을 만나게 되면 무의식적으로 그런 모습을 보였다.

아예 안 볼 사이도 아니고, 또 이렇게 일이 있을 때면 과외 수당으로 떨어지는 것이 있어서 동료들이 그동안 모른 척해 왔을 뿐이었다.

특수부대에 있어서 어느 정도 권력과 가까이 있다고는 하지만 그렇다고 돈을 많이 버는 것은 아니기에 공안이나 무경들도 종종 재벌들의 행사에서 뒤를 봐주며 과외 수입을 올린다.

그리고 이들도 종종 리샤오붕에게 불려 나갔다가 용돈을 벌기도 했다.

하지만 오늘은 언제나 보이던 리샤오붕의 보스(왕푸첸)가 보이지 않았다.

그러하였기에 이들은 리샤오붕이 곤란을 겪고 있는 것을 보면서도 적극적으로 나서지 않고 그냥 지켜만 보는 중이다.

물론 리샤오붕과 아예 틀어질 생각은 없기에 만약 그가 공격을 받게 되면 그때는 나설 생각을 하고 있지만, 아직까지는 괜찮다 생각을 하고 지켜보고 있었다.

한편, 리샤오붕의 공격을 회피하면서 그 뒤에 있는 리샤오붕 동료들의 움직임을 주시하던 수현은 언제까지나 이렇게 있을 수는 없다고 판단을 하였다.

탁. 스윽, 쿵.

얼굴을 향해 날아오는 주먹을 살짝 흘리며 오른손으로 리샤오붕의 날아오는 손목을 잡았다.

그리고 지체하지 않고 손목을 비틀어 크게 원을 그리게 만들었다.

그러자 리샤오붕은 자신이 지른 힘에 수현이 방향을 전환하여 가한 힘이 더해지자 이기지 못하고 마치 코에 코뚜레가 걸린 소처럼 수현이 이끄는 방향으로 휘둘리다 나가떨어졌다.

"샤오붕."

뒤에서 리샤오붕의 헛손질을 비웃던 그의 동료들은 설마 이렇게 일방적으로 그가 당할 줄은 몰랐는지 놀라 소리치며 그의 곁으로 다가왔다.

그리고 일부는 리샤오붕과의 사이에 끼어들어 앞에 있는 수현을 경계했다.

삑. 삑.

"거기 무슨 일입니까?"

로비와 연결된 복도에서 소란이 일자 그제야 호텔 경비가 호루라기를 불며 나타났다.

"난 여기 투숙객입니다."

스타라이드

수현은 경비를 보며 이야기하였다.

"무경이다. 우린 범죄 용의자를 체포하려던 중인데 반항을 하여 제압 중이다. 신경 쓰지 말고 네 일이나 봐라."

리샤오붕을 살피던 이들 중 하나가 호텔 경비를 보며 소리쳤다.

"네?"

경비는 이들이 무경이라고 하자 순간 움찔하였다.

무경은 말 그대로 무장 경찰이다.

그리고 말이 경찰이지 이들은 군대나 마찬가지인 준군사 조직이다.

장갑차는 물론이고, 심지어 구형이기는 하지만 전차까지 보유하고 있을 정도로 막강한 권력을 가진 집단이다.

그러니 무경이란 말이 나오자 사설 경비인 그가 긴장을 한 것이다.

"그렇습니까? 하지만……."

앞에 있는 자들이 자신들의 신분이 무경이라고 주장했지만, 이곳은 일반 3류 호텔도 아니고 텐진에서 가장 큰 5성급 호텔이다.

사설 경비라고는 해도 그런 곳이니만큼 아예 눈치가 없는 것은 아니다.

더욱이 그는 수현이 누구와 함께 왔는지 기억하고 있었다.

텐진 영상 제작 공사의 직원이 호텔에 와서 방을 예약하고 극진한 모습을 보였던 사람들 중 한 명이었기 때문이다.

그런 사람을 범죄자라고 말하는 이들의 말을 무조건 100% 신뢰할 수는 없었다.

하지만 만에 하나라는 것이 있기에 일단 물러나는 모습을 보였다. 그리고 만약을 위한 대비책을 꺼내 들었다.

"그럼 일단 공안을 부르겠습니다."

경비는 그들이 더 뭐라 말하기 전에 빠르게 공안에 신고를 하였다.

텐진에서 최고의 호텔로 꼽히는 텐진 글로리아 호텔이기에 인근에 공안 분소가 있어 신고가 들어가자 공안이 빠르게 도착하였다.

"신링, 무슨 일이야?"

출동한 공안은 경비를 잘 아는지 그의 이름을 부르며 물었다.

"그게, 여기 이분은 우리 호텔 손님인데, 저분들이 무경이라고 주장하면서 이 사람이 범죄 용의자라고 하고 있어."

신링은 자신에게 상황을 물어오는 공안에게 조금 전 자신이 들었던 이야기를 들려주었다.

"그래? 실례합니다. 신분증 좀 주시지요."

출동한 공안은 조심스럽게 리샤오붕의 동료에게 신분증을 보여 달라고 하였다.

"음."

일행 중 한 명이 작게 신음을 하고는 주머니에서 신분증을 꺼내 보였다.

"으음."

신분증을 확인한 공안은 상대의 신분이 확실하자 인상을 구겼다.

무경의 일에는 웬만해선 간섭을 하지 않는 것이 불문율이기 때문이다.

아무리 공안이 막강한 권력을 가지고 있다고 하지만 무경은 그런 공안도 쉽게 건드릴 수 있는 집단이 아닌 것이다.

공안은 난감한 표정으로 신링을 쳐다보았다.

그런 공안의 모습에 신링도 당황하긴 마찬가지였다.

설마 정말로 무경이 나선 일이라면 더 이상 관여하는 것은 자칫 낭패를 볼 수도 있었기 때문이다.

'으음⋯⋯.'

이들의 모습을 지켜보던 수현도 속으로 신음을 흘렸다.

푸얼다이의 경호원과 함께 온 이들이 실제로 중국 공무원 중 한 집단인 무경이라는 것을 알게 되자 자신도 모르게 신음이 나온 것이다.

'안 되겠다.'

이대로 상황이 흘러가게 놔두었다가는 외국인인 자신에게 불리할 것이 명약관화하였다.

무력으로 해결하는 건 일을 더 크게 키우는 꼴밖에 되지 않았다. 그러니 다른 방법을 찾아야만 했다.

술에 취한 전창걸이나 매니저인 용근에게 전화를 해봐야 이곳에서 어떤 도움을 받기는 힘들다고 판단한 수현은 일단 자신과 드라마 계약을 한 텐진 영상 제작 공사에 전화를 걸어보기로 하였다.

비록 늦은 시각이었지만 어쩔 도리가 없었다.

일단 도움을 청해보고 안 되면 영사관이나 대사관에 도움을 청하는 것으로 결정을 내렸다.

그렇게 막 수현이 텐진 영상 제작 공사의 짱리창 영업부장에게 전화를 걸려고 할 때 복도에서 누군가 다가오는 소리가 들렸다.

*　　　*　　　*

"거 봐, 내가 구할 수 있을 것이라고 했지?"

메이링은 친구들과 클럽을 나오며 소리쳤다.

"야, 정말 네 아빠 비서 진짜 능력 있다."

양시시는 메이링의 자랑질에도 타박하지 않고 그에 호응을 해주었다. 실제로도 자랑할 만한 상황이었다.

"그러게 말이야. 당장 내일 베트남에서 열리는 콘서트 티켓을, 그것도 VIP 티켓을 세 장이나 준비해 주다니

대단하다.”

진샤오린 또한 양시시의 말에 이어 칭찬을 건넸다.

“여태 한 번도 실망을 시킨 적이 없다니까.”

자신이 칭찬을 받는 것마냥 메이링은 빙그레 미소를 지으며 대답하였다.

“어?”

“왜?”

한참 이야기하며 클럽을 나오던 메이링은 친구 진샤오린의 의문 가득한 감탄성에 놀라 물었다.

“저기, 수현 오빠 아니야?”

“어? 그러네.”

양시시도 수현 오빠라는 진샤오린의 말에 그녀가 보고 있는 쪽으로 고개를 돌리다 수현을 목격하고 대답을 하였다.

다다닥.

이들은 반가운 마음에 빠른 걸음으로 수현에게 다가갔다.

“오빠, 내일 스케줄 때문에 들어간다면서 아직도 여기예요?”

메이링이 수현을 보며 물었다.

막 텐진 영상 제작 공사의 영업부장인 짱리창에게 전화를 하려던 수현은 메이링의 물음에 전화하려던 것을 멈추고 그녀들을 돌아보았다.

“응, 좀 일이 있어서.”

수현은 잠시 동료들과 서 있는 리샤오붕을 돌아보았다.

그런 수현의 모습에 메이링도 수현이 보는 쪽으로 고개를 돌렸다.

그러다 뭉쳐 있는 사내들 중에서 눈에 익숙한 사내가 한 명 보였다.

리샤오붕의 얼굴을 확인한 메이링은 놀란 눈으로 그를 보며 손가락질하였다.

"아니, 당신은!"

"아니!"

메이링뿐만 아니라 그녀의 양옆에 있던 양시시와 진샤오린도 리샤오붕을 보며 놀라 소리쳤다.

"아가씨, 무슨 일인데 그렇게 놀랍니까?"

신링은 호텔의 VIP인 메이링이 무경이라는 사람들 속에 있는 한 사람을 가리키며 소리치자 무슨 일인가 싶어 물었다.

무경의 일에 함부로 끼어들 수는 없지만 그렇다고 호텔의 VIP 손님인 메이링과 그녀의 친구들이 연관된 일에서 물러나게 되면 나중에 문제가 될 수도 있기에 어쩔 도리가 없었다.

"이 사람 왜 여기 있는 거죠? 어서 공안 불러줘요."

메이링은 다짜고짜 호텔 경비인 신링에게 공안을 불러달라는 말을 하였다.

"무슨 일이시기에……?"

"이 사람, 우리들을 납치하려던 사람의 일행이에요. 어서 공안 불러주세요."

그녀의 말로 인해 갑자기 상황이 급변했다. 조금 전 소란을 피우는 이들에게 다가와 상황을 물어볼 때와는 180도 바뀌었다.

아무리 이들이 무경이라고 하지만 그냥 넘길 문제가 아니었다.

"여기 공안이 있기는 한데, 잠시만 기다려 주십시오. 지배인님을 부르겠습니다."

자신이 나설 범위를 넘어섰다는 판단에 신링은 급하게 무전으로 현 상황을 알리고 호텔의 지배인을 호출했다.

"실례합니다. 화베이구 123분견대 2급경사 진위입니다."

조금 전 무경의 신분증을 확인했던 공안, 진위는 메이링의 말에 얼른 앞으로 나와 자신의 신분을 밝혔다.

조금 전이야 무경의 일이었기에 나서지 않으려 하였지만 지금은 상황이 바뀌었다.

여자들을 납치하려던 사람의 일행이라고 지목이 된 것이다.

아무리 무경이라고 하지만 납치에 연관이 된 이상 그냥 두고 볼 수는 없었다.

더욱이 잘만 하면 무경에 한 방 먹일 수도 있을 것 같았기에 머뭇대지 않고 껴든 것이다.

"정말로 저기 있는 사람들이 아가씨들을 납치하려고 했었습니까?"

진위가 조심스럽게 물었다. 그러자 메이링이 이번에도 한 치의 망설임 없이 곧바로 대답했다.

"맞아요."

"아니, 그게 무슨 소리야. 감히 우리 무경을 어떻게 보고 납치범으로 모는 것이야!"

납치범이란 소리에 리샤오붕의 동료들이 들고일어났다.

자신들의 신분을 그냥 무경이라고 소개했지만 사실 그들의 진정한 신분은 무경 특수부대인 설표 대원들이다.

설표는 특수부대이기에 그 신분을 함부로 밝히지 못하기에 그냥 무경 신분증만 가지고 외출을 한 상태다.

그런데 지금 엉뚱하게도 자신들이 납치범으로 몰리자 반발을 하는 것이다.

"너희가 무경이면 다야? 안 되겠다."

설표 대원들이 고함을 지르며 윽박지르자 메이링은 참지 않고 휴대폰을 들었다.

"여보세요. 진샹, 나 좀 구해줘."

메이링은 아버지의 비서인 진샹에게 전화를 걸어 다짜고짜 자신을 구해달라는 말을 하였다.

"응, 그게 오늘 내 생일이라 시시하고, 샤오린하고 글로리아에 놀러 왔는데, 납치를 당할 뻔했어."

아버지의 비서인 진샹에게 조금 전에 자신이 겪었던 일들을 조목조목 설명하고, 지금 자신을 구해준 사람과 친구들이 납치범들과 함께 있는 무경들에게 위협당하고 있다고 설명을 하였다.

메이링의 전화 통화를 옆에서 지켜보고 있던 설표 대원들은 순간 당황했다.

자신들의 신분을 무경이라고 밝혔는데도 메이링이 겁도 먹지 않고 진샹이란 사람에게 도움을 청하고 있었기 때문이다.

그 때문에 알지 못하는 진샹이란 인물이 누굴까 의아했다.

그도 그렇지만, 일이 돌아가는 분위기가 요상하기 짝이 없었다.

자신들은 그저 평소처럼 리샤오붕이 불러서 적당히 힘 좀 써주고 용돈이나 벌 생각으로 나온 것이다.

그런데 느닷없이 납치범으로 몰렸으니 황당하기만 했다.

"거기, 무슨 일인가?"

다다다닥.

급하게 달려오는 소리가 들리고 50대 중반 정도로 보이는 고급 양복을 단정하게 차려입은 장년인이 다가와 물었다.

"지배인님, 어서 오십시오. 여기⋯⋯. 이런 일이 있어 제가 감당할 수 있는 일이 아닌 것 같아 지배인님을 불렀습니다."

신링은 글로리아 호텔의 지배인을 보자 얼른 조금 전 상황을 설명하였다.

잠시 쉬려고 휴게실에 있던 저우캉은 호텔 로비에 문제가 발생했다는 보고에 급히 사고 발생 지점으로 달려온 길이었다.

경비인 신링에게서 간단한 보고를 받던 중 그는 한쪽에서 눈에 쌍심지를 켜고 있는 메이링을 발견했다.

"아니, 아가씨."

조금 전 신링이 하는 설명을 듣기는 했지만 설마 텐진 시 시장의 딸이 연관된 사건일 것이라고는 상상도 못했다.

"메이링 아가씨, 대체 무슨 일이 있었던 겁니까?"

저우캉은 혹시나 이번 일로 호텔에 불이익이 갈지도 모른다는 불길한 생각에 완연한 저자세로 물었다.

시장의 딸인 메이링이 호텔에 놀러 왔다가 불미스러운 일을 겪은 것을 그녀의 아버지가 알게 된다면 무슨 일이 벌어질지 아무도 모르는 일이기에 저우캉의 입장에선 자신의 잘못이 아님에도 어쩔 수 없었다.

"거기 뭐 하고 있나! 경비들을 모두 불러와!"

스타일라이드

메이링의 대답도 듣기 전에 저우캉은 신링에게 호텔 경비들을 모조리 불러오라는 지시를 내렸다.

나중을 대비해 메이링의 기분을 풀어주기 위해선 어떤 일이라도 해야만 했다.

아무리 이번 일이 무경과 연관된 일이라고는 하지만 앞에 있는 아가씨는 바로 톈진 시의 수장인 시장 딸이었다. 극진히 모셔야 될 상대인 것이다.

신링은 급하게 동료 경비들을 불렀다. 그러자 경비들이 신속하게 달려와 리샤오붕과 그의 옛 동료들을 빙 둘러쌌다.

그리고 잠시의 시간이 더 지나고, 요란한 사이렌 소리와 함께 공안이 호텔로 들이쳤다.

그뿐만 아니라 조금 뒤 무경도 완전무장을 하고 이들이 있는 곳으로 몰려왔다.

하지만 그들은 누군가를 기다리는 듯 나서지 않고 대치 전열만 가다듬었다.

공안과 무경이 현장에 도착을 하고 또 5분 정도가 흐르자 정장을 입은 사내들이 이곳에 도착하였다.

"메이링! 메이링!"

맨 나중에 도착을 한 사내들 중 머리가 하얗게 센 장년인이 메이링의 이름을 부르며 뛰어왔다.

"아빠?"

자신을 부르며 달려오는 아버지의 모습에 메이링은 순간 당황했다.

덥썩.

달려온 메이링의 아버지는 무사한 딸을 확인하고는 껴안았다.

사실 메이링의 아버지 리자준은 중요한 만찬에 참석을 하고 있었다.

하지만 딸이 납치를 당할 뻔했다는 소식에 깜짝 놀라 일정보다 일찍 만찬장을 나섰다.

그러고는 곧바로 딸이 있는 글로리아 호텔로 달려온 것이다.

한편, 공안 그것도 일반적으로 흔히 볼 수 있는 하급의 공안이 아닌 간부급인 경감의 계급장을 단 공안들 다수가 몰려온 것은 물론이고, 무경에서는 다름 아닌 설표 부대원들이 무장하고 나타난 것에 리샤오붕과 그의 동료들은 아연 실색했다.

리샤오붕은 수현에게 당한 것에 자존심이 상해 혼자서는 안 될 것 같아 예전 동기들인 설표 부대원 중 비번인 이들을 불러낸 것이었다.

그리고 리샤오붕과 현재 함께 있는 이들은 그저 손 좀 봐줘야 할 놈이 있다고 해서 언제나 그랬듯 용돈벌이나 하려는 가벼운 마음으로 나왔다.

스타라이트

그런데 상황은 이들이 상상한 것 이상으로 커지고 있었다.

"어떻게 된 거야?"

리샤오붕의 친구들은 너무 놀라 정신이 나간 것 같은 리샤오붕의 옆구리를 찌르며 작은 목소리로 물었다.

"나도 모르겠다. 대륜 전자 왕 회장의 아들이 누군가에게 당했다고 해서 갔다가 저기 저놈에게 당해서 복수하려고 부른 것뿐이야."

리샤오붕도 무엇 때문에 일이 이렇게 커진 것인지 알 수가 없었다.

자신은 왕푸첸을 따라 글로리아 호텔 로비에서 왕푸첸의 친구들이 데려온 경호원들과 대기하고 있었다.

보통 경호원이라면 경호 대상과 언제나 함께해야 하지만 클럽에서 여자 헌팅을 하러 가는 날에는 그럴 수 없었다.

이유인즉슨, 경호원이 있으면 제대로 여자를 꼬실 수 없다는 왕푸첸과 그의 친구들의 주장으로 인해 함께 온 경호원들과 따로 대기하는 것이다.

이렇게 떨어져 있다가도 문제가 발생하면 가지고 있는 호출기로 금방 찾아갈 수 있기에 암묵적으로 리샤오붕과 다른 경호원들도 개인 시간을 가졌다.

그런데 오늘은 어디서 맞고 왔는지 얼굴도 엉망이고, 옷 또한 땅바닥을 구른 듯 여기저기 구겨지고 찢긴 것은 물론이고, 흙이 묻어 있었다.

왕푸첸의 상태를 보고 뭔가 문제가 발생했다는 판단에 호텔 밖으로 따라갔다가 수현과 트러블이 발생했다.

그리고 자신도 앞에 있는 희멀건 사내(수현)에게 당하는 바람에 경호원에서도 짤렸다.

해서, 그 화풀이를 하려고 예전 동료였던 설표 부대원을 잠시 부른 것이다.

"네가 모르면 누가 안다는 말이야?"

리샤오붕이 자신도 어찌 된 상황인지 모르겠다는 대답을 하자 그의 친구들이 버럭 화를 내기 시작했다.

비록 자신들이 비번이기는 하지만 북경이 아닌 텐진까지 아무런 보고도 없이 나와 있는 것은 징계 사유에 해당이 된다.

설표 부대는 대테러 부대였기에 이동 중 소재는 보고를 해야 함에도 이들은 아무런 보고도 없이 나왔다.

잠시 외부에 나갔다 돈도 벌고 또 즐기고 들어갈 요량으로 언제나 그랬듯 관행대로 행동했을 뿐인데 엉뚱한 일에 휘말려 자칫 잘못하다가는 징계위에 회부될 위기에 놓였다.

"이놈들이야?!"

리샤오붕과 그의 친구들이 옥신각신하고 있을 때, 느닷없는 호통 소리가 들렸다.

"헙!"

자신들을 향해 호통을 치는 리자준의 모습을 본 리샤오붕

스타임

과 함께 있던 설표 부대원들은 경악을 금치 못했다.

설표 부대가 무경의 대테러 특수 임무 부대이다 보니 중국공산당 내 권력자들에 대해선 모두 숙지를 하고 있었다.

설표 부대원들이 그런 것을 모두 숙지하는 이유는 다름이 아니라 테러가 발생하였을 때, 가장 먼저 당 간부들을 신속하게 대피시켜야 하기 때문이다.

그런데 지금 눈앞에서 공산당 권력 서열 30위권 안에 들어가는 텐진 시 시장인 리자준이 자신들을 향해 호통치고 있으니 놀라지 않을 수가 없었다.

"아, 아닙니다."

리샤오붕과 함께 있던 비번인 설표 대원 한 명이 얼른 변명을 하였다.

방금 전, 리자준이 무슨 의미로 자신들을 지목한 것인지 알고 있었기 때문이다.

다른 사람도 아니고, 텐진 시의 시장 가족을 납치하려고 했다는 죄목을 뒤집어쓸 생각은 추호도 없었다.

"저희는 예전 동기인 여기 이 친구가 불러서 놀러 온 것뿐입니다."

그는 조금 전 공안이 자신들에게 무엇 때문에 왔냐고 물었을 때와는 전혀 다른 말을 하였다.

이미 일이 커졌기 때문에 친구인 리샤오붕을 버리기로 결정했다.

괜히 그와 함께 엮였다가는 그냥 옷을 벗는 것으로 끝나지 않을 것임을 느꼈기 때문이다.

"아빠, 이 사람들은 모르겠고, 여기 이 사람이 아까 나하고 내 친구들을 납치하려던 자하고 일행이었어."

리자준의 품에 있던 메이링이 얼른 손가락으로 리샤오붕을 가리키며 이야기하였다.

"저, 저는 모르는 일입니다. 대륜 전자의 왕하오 회장 아들인 왕푸첸과 그의 친구들이 누군가에게 맞았다고 해서 갔던 것뿐입니다."

리샤오붕은 톈진 시장인 리자준의 서슬 퍼런 눈빛에 압도되어 재빨리 변명을 늘어놓았다.

"뭐? 대륜 전자? 내 이것들을······!"

리샤오붕에게서 저간의 이야기를 모두 들은 리자준은 뒤를 돌아보며 비서인 진샹을 불렀다.

"진샹, 왕하오와 이번 일에 관계된 놈들 모두 잡아와."

자신의 딸을 납치하려고 했던 왕푸첸과 그의 친구들은 물론이고, 그들의 아버지까지 모두 잡아 오라는 지시에도 진샹은 바로 알겠다는 대답을 하고 어디론가 전화를 걸었다.

수현은 갑자기 급전개되는 일련의 일에 속으로 깜짝 놀랐다.

조금 전 클럽 안에서 대화를 할 때만 해도 메이링이나 그녀의 친구들을 그저 잘사는 집안의 딸들일 것이라 생각했었다.

그도 그럴 것이, 이야기를 나눌 때 대체로 나이와 직업 정도만 꺼냈기에 가족에 대해선 알지 못했다.

그리고 수현은 어차피 우연히 스쳐 가는 인연이라 생각했기에 크게 관심을 두지도 않았고 말이다.

그런데 알고 보니 메이링의 아버지가 이곳 텐진 시장이고, 일반적으로 알고 있는 시장과 이곳 중국에서의 시장 위치가 상당히 다르단 것 또한 알게 되었다.

수현이 이렇게 돌아가는 상황을 보면서 생각을 정리하는 동안 공안과 무경은 리샤오붕과 그의 친구들을 어디론가 데려갔다.

"아빠, 여기 수현 오빠가 납치를 당하려던 때 우리를 구해줬어."

메이링은 아버지인 리자준을 끌고 수현의 앞으로 데려가 소개를 해주었다.

"오, 용감한 청년이군. 고맙네."

리자준은 조금 전 리샤오붕과 그의 친구들에게 불같이 화를 내던 것과는 다르게 아주 나긋한 목소리로 말을 하였다.

"내 보물을 지켜줘서 정말로 고마워. 난 텐진 시의 시장이며 여기 메이링의 아버지인 리자준이라고 하네."

"예, 한국에서 온 정수현이라고 합니다."

수현은 메이링의 아버지 리자준이 자신을 정식으로 소개하자 그도 정중하게 자신을 소개하였다.

"한국인이었나? 어쩐지."

수현에게 한국인이었냐는 말을 하고는 리자준은 씁쓸한 표정으로 고개를 끄덕였다.

납치를 당하려던 딸을 구한 청년을 보았는데, 그가 알고 보니 한국인이었다는 사실이 고맙기도 했지만 조금 아쉽기도 했다.

그도 그럴 것이, 현재 중국에서는 애민 정신은 사라지고 개인주의 성향이 독버섯처럼 퍼져 나가는 것이 사회적 문제로 대두되고 있었다.

사고를 당해 도움을 요청해도 주변에 지나가는 중국인들이 외면하는 영상이 심심치 않게 인터넷에 올라온다.

그뿐만이 아니다. 어렵게 결심을 하고 도움을 주면 감사를 하기는 커녕 오히려 물에 빠진 사람 구해줬더니 보따리 내놓으라고 한다는 속담처럼 적반하장으로 도움 준 사람을 가해자로 모는 경우도 종종 뉴스에 나왔다.

자본주의가 들어온 뒤, 돈을 벌기 위해선 무슨 짓이든 한다는 생각에 빠진 중국인들이 늘어나서다.

리자준은 그런 속에서 납치당하려는 자신의 딸을 구해주었다는 사람이 나타나자 대견하다고 생각했는데, 같은 중국인이 아니라는 말에 기쁘면서도 한편으로는 씁쓸했던 것이다.

"그런데 정수현이라고 했던가? 그 이름 어디서 많이 들어본 것 같은데?"

리자준은 수현의 이름이 많이 익숙했다.

어디서 많이 들어본 것 같은 느낌이었다.

그런 리자준의 모습에 그의 품에 있던 메이링이 대답을 했다.

"아빠, 드라마 울프독의 여주인공 보디가드, 전쟁의 신 아레스의 특수 요원."

드라마광인 아버지에게 메이링은 인기 아이돌 그룹 로열 가드의 리더라는 말보단 수현이 출연했던 드라마를 언급했다.

"아! 아이돌 가수이면서 연기도 한다는 그……!"

딸의 설명에 리자준도 수현을 기억해 내고는 다시 한 번 그를 돌아보았다.

연예인이 납치하려던 불한당들을 물리치고, 또 그들이 불러온 경호원들까지 모두 물리쳐서 딸과 그 친구들을 구해냈다는 말에 다시 한 번 놀랐다.

"이거, 알면 알수록 놀라운 사람이구만. 어떻게 보답을 해야 할지 모르겠네."

"아닙니다. 곤란한 일을 겪을 뻔하였는데, 시장님의 도움으로 잘 해결이 된 것 같아 제가 더 감사드립니다."

"아니야. 내 딸을 구해준 것 때문에 벌어진 일인데 당연히 내가 도와야지."

"그런데 오빠, 내일 베트남으로 가야 해서 일찍 들어가 쉬셔야 하는 것 아니에요?"

수현과 자신의 아버지가 호텔 로비에서 계속해서 이야기를 나누는 것을 보며 메이링이 물었다.

"아. 시장님, 죄송하지만 시간이 늦어서. 제가 내일 비행기를 타야 해서 이만 들어가 봐야 할 것 같습니다."

수현은 최대한 정중하게 양해를 구했다.

벌써 시간은 열한 시가 넘어가고 있었다.

"아닐세. 로열 가드가 엄청 인기 그룹이란 것은 시장인 나도 알고 있네."

리자준은 고개를 끄덕이며 수현의 입장을 잘 알겠다는 말을 하였다.

"그럼 이만 들어가 보겠습니다."

수현은 리자준에게 정중하게 인사를 하고 다시 메이링과 그 친구들에게도 작별 인사를 하였다.

"메이링, 시시, 샤오린, 잘 가."

"네, 오빠도 좋은 꿈 꾸세요."

"내일 봐요."

메이링과 양시시, 그리고 진샤오린은 수현의 작별 인사에 빙그레 미소 지으며 인사를 하였다.

작별 인사를 하고 돌아서던 수현은 그녀들의 마지막 인사말에 무슨 뜻인지 몰라 고개를 갸웃거렸다.

Chapter 4

메이링의 제안

그때는 몰랐다. 그날 그렇게 헤어지고 다음 날 다시 그녀들을 보게 된다는 사실을 말이다.

더욱이 메이링과 그녀의 친구들은 마치 록그룹과 그들의 추종자들이 투어를 함께 다니듯 베트남 콘서트는 물론이고, 이후 말레이시아와 태국 등 로열 가드의 아시아 투어를 내내 따라다녔다.

그렇게 시작된 인연은 지금까지도 이어져 종종 함께 식사를 하기도 했다.

그리고 어느 순간부터 메이링은 수현을 '오빠'가 아닌 '수현 씨'라고 부르기 시작했다.

처음에는 그게 조금 어색하기는 했지만 약간 새침하면서도 도도해 보이는 그녀의 모습과는 너무도 잘 어울렸다.

　"왜 그렇게 서 있어요? 제가 허락도 받지 않고 먼저 들어와 있어 화났어요?"

　메이링은 수현이 자신의 질문에 대답을 하지 않고 지그시 보고만 있자 재차 물었다.

　"어휴. 네 성격을 알고 있으니 그냥 넘어가자."

　수현은 고개를 흔들고는 메이링에게 주의를 주었다.

　"다만, 조심 좀 해줘. 너도 내가 한국에서 어떤 일을 겪고 이곳에 왔는지는 잘 알지?"

　"네."

　메이링은 수현의 부탁에 조심스럽게 대답을 하였다.

　그녀도 수현이 무엇 때문에 이곳 중국에서 활동을 하고 있는지 잘 알고 있었다.

　작년 한국에서 발생한 스캔들 기사로 인해 논란이 되어 수현이 한국 활동을 전면 중단하고 해외 활동만 하고 있다는 사실을 말이다.

　또한 수현이 한국 활동을 하지 않는 것 가지고도 일부 안티들은 트집을 잡고 있었고, 일부 팬들이 이에 넘어가 수현의 그런 태도에 화를 내고 있었다.

　이런 사실이 안타깝고 또 화도 나지만 메이링은 마음 한편으로는 그것 때문에 수현을 자주 볼 수 있다는 사실에 기쓰기도 했다.

"난 좀 씻고 옷도 갈아입고 올게."

"응."

한편, 수현을 수행해 온 용근은 눈만 멀뚱히 뜨고 두 사람의 대화를 지켜보았다.

어떻게 보면 연인과의 대화 같기도 한 이들의 대화에 어떻게 대처를 해야 할지 갈피를 잡지 못한 것이다.

'아, 이거 어떻게 해야 하지? 보고를 해야 하나?'

용근은 최근 보이지 않던 메이링이 아무런 예고도 없이 수현이 머물고 있는 숙소에 들어와 있는 것을 보고 깜짝 놀랐다.

설마 수현이 자신들 몰래 메이링을 '불렀나?' 라는 생각도 잠시 했을 정도다.

하지만 지금까지 보아온 수현은 상대가 일반인이든, 주변 지인이든 절대로 자신들에게 아무런 통보도 하지 않고 개인 공간에 불러들이지 않았다.

그랬기에 작년 수현에 대한 스캔들이 터졌을 때도 회사는 당황하지 않고 중심을 잡아 스캔들 기사에 오보라 대응을 할 수 있었던 것이다.

그리고 역시나 두 사람의 대화를 듣던 중 자신이 너무 앞서갔다는 것을 다시 한 번 깨달았다.

수현은 한국에서도 그랬듯 이곳에서도 마찬가지로 메이

링을 사적으로 부른 것이 아니었다.

그저 메이링이 자신의 권력을 이용해 수현의 허락도 받지 않고 무단으로 들어왔던 것뿐이었다.

그렇다고 그것을 가지고 용근이 메이링에게 뭐라고 하지는 않았다.

그도 그럴 것이, 용근도 벌써 매니저 4년 차였다.

어떤 때 나서야 되고 어떤 때 조용히 지켜보기만 해야 하는지 잘 알고 있었다.

더욱이 눈앞에 서 있는 여자는 비록 자신과 같은 나이지만 함부로 할 수 있는 존재가 아니었다.

그녀의 뒤에는 중국 조폭도 함부로 하지 못하는 텐진 시의 시장이라는 막강한 배경이 있었다.

물론 메이링의 배경을 떠나서도 수현의 열성 팬이란 것을 잘 알고 있는 용근이 그녀에게 뭐라고 할 이유가 없었다.

주의 정도는 수현이 알아서 할 것이고, 방금도 그녀가 무단으로 숙소에 침입한 것을 주의 주지 않았나? 그러니 굳이 자신까지 나서서 메이링에게 말을 하지 않았다.

"OK."

수현이 옷을 갈아입기 위해 자리를 떠나자 메이링은 용근을 보며 말했다.

"저, 물 한 잔만 주세요."

메이링은 아직 중국어가 서툰 용근을 위해 한국어로 말을 하였다.

주인의 허락도 받지 않고 들어오기는 했지만 그래도 기본적인 에티켓은 잊지 않았는지 물건에는 손을 대지 않았나 보다.

"揩, 揩(네, 네)."

용근은 자신에게 물 한 잔을 부탁하는 메이링의 말에 바로 대답을 하고 칵테일 바에 있는 냉장고에서 생수 한 병을 꺼내 컵에 따라 그녀에게 가져다주었다.

얼마의 시간이 흐르고 수현이 나왔다.

"와우, 수현 씨는 어떤 모습을 해도 빛이 난다니까."

메이링은 샤워를 하고 편안한 복장으로 갈아입고 나온 수현을 보며 감탄성을 질렀다.

"쓸데없는 말은. 그래, 오늘은 어쩐 일로 온 거야?"

얼마 전 수현은 메이링이 일 때문에 바빠져 자주 찾아오지 못할 것이란 이야기를 들었다.

그런데 불과 일주일도 되지 않아 그녀가 아무런 연락도 없이 찾아오자 의아해 묻는 것이다.

메이링은 수현의 질문에 바로 대답하지 않고 빙그레 미소를 지어 보였다.

하지만 그것도 잠시, 곧 진지한 표정으로 이야기를 꺼냈다.

"오빠, 나랑 사업 하나 같이하자."

조금 전까지 수현에게 '수현 씨'라고 하던 메이링이 이번에는 '오빠'라 부르며 애교 섞인 말투로 이야기를 해왔다.

"사업? 나랑? 무슨 사업?"

수현은 메이링의 이야기를 듣고 황당한 표정을 지었다.

연예인인 자신이 그녀와 무슨 사업을 한다는 말인가? 좀처럼 이해가 가지 않은 수현은 고개를 갸웃거리며 그녀를 쳐다보았다.

"내가 알아보니 오빠가 한국에서 추진하려던 외식 사업이 취소되었다고 하던데, 그걸 여기서 나랑 함께 해보자고."

메이링은 눈을 반짝이며 이야기를 하였다.

메이링의 말을 듣고 난 수현은 자신도 모르게 눈살을 살짝 찌푸렸다.

그도 그럴 것이, 방금 메이링이 언급한 것은 그가 야심차게 준비하던 사업이었다.

재작년 수현은 김정만의 정글 라이프에 섭외가 되고 그동안 모아두었던 포인트를 이용해 요리에 관한 재능을 구입하였다.

그전에 구입했던 한식은 물론이고, 양식과 중식, 일식, 그리고 야생에서 구할 수 있는 재료를 이용한 서바이벌 쿠

킹 스킬까지 모조리 배웠다. 정글에서 써먹기 위해서였다.

그리고 그 재능들은 이전에 배웠던 외국어나 태극권과 같은 무술을 배우던 것처럼 빠르게 숙련도가 높아져 수현의 몸에 하나가 되었다.

그 후, 수현의 요리 실력이 늘자 최유진의 제안 말고도 여기저기서 사업을 하자는 제의가 들어왔다.

수현은 그런 제의를 가볍게 여기지 않고 일단 자격증부터 취득하였다.

대한민국에서 무엇을 하려면 그와 관련된 자격증을 취득하는 것은 당연한 일이다.

요리도 마찬가지다. 그래서 수현은 자신이 가지고 있는 재능에 관한 자격들을 모두 취득하였다.

그리고 연예인 활동을 하면서도 틈틈이 준비를 하여 빠르면 작년 크리스마스 이전, 늦어도 올 초에는 사업을 시작할 계획이었다.

우선 자신과 최유진의 자본을 바탕으로 두 개의 음식점을 오픈할 계획이었지만, 작년에 터진 스캔들로 인해 사업 계획은 결국 수포로 돌아갔다.

오픈 직전까지 갔던 가게는 연일 떠들어 대는 언론으로 인해 문도 열어보지 못하고 다른 사람에게 넘겼다.

더욱이 국세청의 세무조사와 하지도 않은 향정신성 물질 (마약) 투여 혐의로 검찰에 불려가 조사를 받는 등 여러 가지 일을 겪으면서, 자신이 겪는 일이 누군가에 의해 벌어지는 일인지 깨닫고 나자 한국에서 사업한다는 생각을 접었다. 어차피 음식점을 오픈해도 제대로 운영해 나가기 어려운 현실을 감안해서였다.

그런데 지금 메이링이 그 일을 언급한 것이다.

사실 사업을 포기할 때 아쉬움이 없었던 것은 아니다.

사업을 하기 전 회사 직원들과 아는 연예인들을 불러 시식회를 가졌을 때, 그들의 반응은 대단했다.

자신이 한 음식을 먹어본 사람들은 너나 할 것 없이 사업에 참여하고 싶다는 의사를 밝혔었다.

그에 자신감을 가지고 추진했던 일인데, 뜻하지 않은 외부의 요인으로 시작도 하기 전에 망해 버렸으니 미련이 남는 것은 당연했다.

그러나 자신의 고국인 한국에서도 그랬는데, 아무것도 모르는 타국인 이곳 중국에서 사업을 한다는 것이 수현에게 큰 부담으로 다가왔다.

"그게 가능할까? 한국에서도 실패를 했는데."

수현은 씁쓸한 표정으로 그렇게 대답을 하였다.

"그건 걱정하지 마. 충분히 성공 가능하니까."

메이링은 부정적인 대답을 듣고도 수현이 자신의 이야기에 관심을 보였다는 것에 반은 성공했다는 생각과 함께 그렇게 대답을 하였다.

사실 그녀도 웬만하면 이런 제안을 하지 않았을 것이다.

하지만 그녀가 알아본 바에 의하면 수현은 일류 요리사 못지않은 요리 실력을 가지고 있었다.

현재 운영 중인 쇼핑몰을 키우기 위해 메이링은 지난 일주일 동안 많은 노력을 하였다.

그러던 중 그녀는 쇼핑몰 내에 유명 음식점을 내기로 결심을 했다.

그녀가 그런 결정을 하게 된 이유는 간단했다.

사업을 확장하기 위해서 여러 조사를 하던 중 큰 백화점에는 유명 음식점 체인이 들어와 있다는 공통점을 발견한 것이다.

그리고 그 이유에 대해 자료조사를 하다가 사람들이 백화점에 가는 것이 꼭 물건을 구매하려고 가는 것은 아니란 사실도 알게 되었다.

물론 물건을 사려는 목적도 있지만 가장 큰 이유는 허영을 채우기 위해서였다.

굳이 백화점이 아니더라도 더 싸고 좋은 물건을 파는 곳은 많았다.

하지만 사람들은 그런 곳보다 백화점에서 사는 것을 선호한다.

무엇 때문일까? 이를 조사하던 메이링은 사람들이 본능적으로 남들과 다르게 보이는 것, 자신이 남보다 우월하다고 느끼는 것을 좋아한다는 판단을 하게 되었다.

그리고 또 하나, 사람들을 끌어들이기 위해선 남들과 다른 킬러 아이템이 필요하다는 것 또한 깨달았다.

메이링은 거기까지 생각을 하다 중국인들이 좋아할 만한 킬러 아이템이 뭐가 있을까 고민을 하기 시작했다.

좋은 옷? 물론 좋은 옷이 있으면 구입하고 싶은 생각이 들기는 한다.

하지만 백화점이라면 그건 당연한 것이다.

고급 가전제품? 이 또한 다른 백화점에도 많다.

메이링은 하나하나 따져 보며 자신이 운용하는 쇼핑몰을 더욱 크게 성장시킬 킬러 아이템이 무엇인가 연구를 하던 중 문득 떠오르는 것이 있었다.

중국 하면 떠오르는 여러 이미지가 있다.

그중에는 짝퉁, 저질 상품, 싸구려 등등 많은 부정적인 이미지가 있는 반면 또 다른 한편으로는 긍정적인 이미지도 많았다.

메이링이 주목한 것은 그중 음식이었다.

세계 3대 요리라 불릴 정도로 요리는 중국인들에게 빼놓을 수 없는 요소다.

생각이 이에 미치자 메이링은 다른 유명 음식점과 차별되면서도 또 중국인들의 입맛을 사로잡을 수 있는 요리가 무엇이 있을까 고민을 하였다.

그렇게 고민을 하다 발견한 것이 바로 수현이 방송 내에서 선보인 요리였다.

수현이 오지에서 발견한 재료를 가지고 한 요리를 맛있게 먹는 한국의 연예인들 반응을 보면서 그녀는 바로 이거다 싶었다.

물론 그것만으로 메이링이 이런 결정을 한 것은 아니다.

수현의 요리에 꽂힌 뒤로도 더욱 세심하게 조사를 하던 중 수현이 실제로 요식업 사업을 준비했던 것까지 알게 되었다.

단지 준비에서 끝난 것이 아니라 여러 사람을 불러 시식회도 열었던 걸 알게 되자, 메이링은 충분히 사업성이 있다고 보았다. 비록 스캔들이 터지면서 그 여파로 해보기도 전에 사업을 접었지만 오픈 직전까지 갈 정도면 모든 필요조건을 갖췄다고 봐도 무방했던 것이다.

그래서 이렇게 달려와 그에게 사업 제안을 하는 것이다.

"오빠도 가능성이 있다고 판단했으니 한국에서 사업을 하려고 했었던 것 아니야?"

"으음……."

메이링은 분명 성공할 수 있다며 수현에게 확신을 담아 얘기했다. 그 이야기를 들은 수현은 작게 신음을 하였다.

아무리 성공 가능성이 있는 사업이었다고는 하지만 어찌 되었든 결과적으로 사업은 실패를 하였다.

그렇기에 아직 실패에 대한 아픔이 남아 있었다.

"시시하고 샤오린도 사업에 참여하기로 했어. 그러니 오빠, 같이하자."

메이링은 수현이 망설이는 듯하자 자신의 두 친구도 언급을 하며 또다시 설득했다.

"으음, 그럼 하게 되면 규모는 어느 정도로 하려고?"

실패하기는 했지만 한 번 시도를 했던 사업이라 그런지 사실 수현도 미련이 남았다.

그런데 메이링이 자꾸만 언급을 하자 잊고 있었던 그때 감정이 떠올라 점점 솔깃해졌다.

"응, 사업을 하게 되면 출자금으로 각각 1억 위안을 내기로 했어."

"뭐?"

수현은 메이링의 말을 듣고 깜짝 놀랐다.

음식점 하나 오픈을 하는 것인데, 무려 3억 위안을 출자하기로 했다는 그녀의 말에 놀란 것이다.

위안화와 원화의 환률은 1:170이다.

그렇다는 말은 한국 원화로 하면 무려 510억 원이나 되는 어마어마한 금액이라는 뜻이었다.

이제 겨우 20대 중반의 그녀들이 운영을 하기에는 엄청난 금액일 수밖에 없었다.

그런데 그런 엄청난 액수를 말하면서도 눈 하나 깜빡이지 않는 메이링의 모습에 수현은 속으로 많이 놀랐다.

물론 수현도 그 정도 자금은 있었다.

하지만 저렇듯 쉽게 언급을 할 수 있을 정도는 아니다.

그동안 연예 활동을 하면서 벌어들인 돈과 배당금을 가지고 재테크를 한 총재산을 환산하면 200억가량 되기에 충분히 출자를 할 수는 있지만 그래도 심적으로 무리가 가는 것이 사실인데, 메이링은 1억 위안(170억 원)이란 돈을 너무도 쉽게 언급을 하는 것이다.

"시작부터 너무 규모가 큰 것 아닌가?"

수현은 메이링의 1억 위안이란 말에 순간 당황해 언급을 하였다.

"그리고 난 그 정도로 많은 금액을 출자할 수가 없어."

현재 재산 중 많은 부분이 주식과 부동산에 묶여 있는 상태다.

주식이야 빠르게 처분이 가능하지만 부동산은 그렇지 못했다.

"오빠는 우리처럼 그렇게 많은 돈을 출자할 필요 없어."

메이링은 수현의 이야기를 듣고 얼른 대답하였다.

메이링이 함께 동업하자고 수현에게 얘기를 꺼낸 것은 수현의 돈을 생각해 제안한 것이 아니다.

사업을 하는 데 초기 자금이 많을수록 좋은 것은 두말할 필요가 없는 일이다.

하지만 수현은 그 이름만으로도 충분히 많은 영향을 미친다.

현재 중국에서 해외 스타 중 가장 인기가 있는 스타는 누가 뭐라고 해도 수현이었다.

유명 아이돌 그룹의 리더이면서 드라마에 출연해 완벽한 연기를 보인 것은 물론이고, 맡은 배역에서 중국인이라고 해도 믿을 정도로 완벽한 중국어를 구사했다.

뿐만 아니라 현재에는 텐진 TV에서 방영하는 무협 드라마의 주인공으로도 활약을 하고 있었다.

더욱이 수현은 다른 해외 스타들이 중국 드라마나 영화에 출연할 때 대사를 성우가 대신하는 것과 다르게 본인이 직접 대사를 한다.

이러한 사실이 알려지면서 현재 수현의 인기는 중국 최고 인기 스타들의 인기를 능가할 정도로 높았다.

그러니 굳이 동등한 출자금을 내지 않더라도 충분히 동업이 가능했다.

뿐만 아니라 메이링이 언급한 사업에서 수현은 홍보 이외에도 중요한 포지션을 가지고 있는데, 그것은 바로 요리 레시피를 수현이 가지고 있다는 것이다.

즉, 수현이 가지고 있는 요리 실력을 믿기에 할 수 있는 사업이라는 말이었다.

"오빠가 가지고 있는 이미지와 요리 실력이라면 굳이 우리하고 같은 자본을 투자하지 않아도 충분히 자격이 있어."

메이링은 이러한 사실을 수현에게 이야기하였다.

"음, 그럼 내가 어느 정도 자금을 출자하면 동등한 자격을 얻을 수 있는 것이지?"

수현은 메이링이 하는 설명을 듣고 그녀가 제안하는 사업에 대한 관심이 더욱 커졌다.

더욱이 그녀의 이야기를 들으면서 떠오르는 생각이 있었다.

그것은 바로 자신이 사업을 준비할 때 함께 준비하던 직원들 생각이었다.

가게 오픈을 준비하면서 수현은 요리사를 구하고, 자신이 알고 있는 요리 레시피를 그들이 똑같이 만들 수 있게 수련을 시켰다.

하지만 수현이 만들어내는 요리의 맛을 똑같이 내는 것은 쉽지 않았다.

그도 그럴 것이, 수현의 요리 재능은 마스터였고 부분적으로 상급에 이르렀다.

그러니 아무리 오랜 기간 요리를 전공한 전문 요리사라고 하지만 레시피만으로 수현이 만들어내는 손맛을 따라 한다는 것은 쉬운 일이 아니었다.

그 때문에 요리사들은 수현이 만든 맛을 재현하기 위해 몇 달 동안 연습을 해야만 했다.

그렇게 연습을 하여 겨우 비슷하게 만들 수 있을 정도의 실력을 쌓았는데, 사업이 시작도 전에 엎어진 것이다.

사업이 실패로 돌아가면서 준비하던 요리사들도 하루아침에 직업을 잃었다.

비록 몇 달 되지 않았지만 수현은 그것만 생각하면 죄책감에 가슴이 아팠다.

다른 직원들이야 어차피 서비스업에 종사하는 일이라 다른 직장을 구해 떠났지만 요리사들은 그러지 못했다.

경력이 있다 보니 다른 사람의 보조로 들어가는 것도 적당하지 않았고, 그렇다고 본인의 식당을 차리는 것도 자금이 부족해 그럴 수 없었다.

더욱이 수현의 레시피를 가지고는 식당을 차릴 자금이 있어도 요리를 할 수는 없어 이래저래 요리사들은 힘든 시기를 겪고 있었다.

그런데 메이링이 하는 말처럼 동업을 하게 된다면 그들을 중국으로 불러올 수 있지 않을까 하는 생각을 하게 되었다.

"그럼 요리사는 어떻게 할 것이지?"

수현은 조심스럽게 물었다.

연예인인 자신이 동업을 한다고 해서 직접 나서서 요리를 할 수는 없지 않은가. 그래서 물어보는 것이기도 했다.

"그게 조금 애매해요. 저희가 하려는 것이 일반 중화요리가 아니라 오빠가 연구한 오빠의 요리이니, 오빠를 대신해 주방을 책임질 주방장을 구해 연습을 시켜야 하지 않을 까요?"

메이링도 그 문제만큼은 쉽게 대답하지 못했다.

그저 원론적인 대답을 할 뿐이었다.

그러자 수현은 잘됐다 싶어 자신이 생각한 것을 메이링에 게 들려주었다.

"메이링, 이렇게 하는 것이 어때?"

수현은 자신이 사업을 준비하면서 가르쳤던 요리사들에 대한 언급을 하였다.

"그들이라면 충분히 내가 연구했던 요리들을 대부분 비 슷하게 만들 수 있어."

"어머, 그래요? 그렇다면 시간이 더욱 줄어들겠네요."

메이링은 수현의 말에 눈을 동그랗게 뜨며 기뻐했다.

그도 그럴 것이, 주방을 책임질 요리사를 교육시키는 것 은 만만치 않은 일이다.

그런데 한국에 이미 준비된 요리사들이 있다는 이야기를 들었으니 아니 좋아할 수 있겠는가? 더욱이 수현의 인기가 절정인 이때 그의 이름을 걸고 하는 사업이라면 그 사업은 땅을 짚고 헤엄을 치는 것만큼이나 성공하기 쉬운 일이었 다.

"그럼 우선 가게를 세 개 오픈하는 것으로 해요. 장소 는… 음, 일단 수도인 북경과 이곳 텐진, 그리고 상해로 하기로 해요."

요리사가 준비되어 있다는 말이 끝나기 무섭게 메이링은 계획을 일사천리로 진행하기 시작했다.

"세 군데나?"

"네. 마음 같아서는 그곳들 말고도 주요 도시에 하나씩 지점을 두고 싶지만 준비된 요리사가 적어 어쩔 수 없잖아요."

그랬다. 메이링의 생각 같아서는 한 번에 중국 13개 성에 있는 주요 도시마다 음식점을 세우고 싶었다.

하지만 가게야 오픈을 한다고 해도 요리사가 부족하니 어떻게 할 수가 없었다.

그러니 일단 준비된 요리사를 가지고 최대한 운용을 했을 때, 정상적으로 운영이 가능한 숫자가 세 곳이기에 북경과 텐진, 그리고 상해로 정한 것이다.

북경이야 중국의 수도이니 당연히 선택이 되었고, 텐진은 메이링의 본진이라 당연히 들어갔다.

그리고 상해는 외국인도 많고 또 북경 다음으로 발달된 도시이기에 선정이 되었다.

더욱이 상해는 또 다른 동업자인 진샤오린의 본가가 있는 곳이기도 했다.

메이링의 아버지가 텐진 시의 시장인 것처럼 진샤오린의 집안도 상해에서는 방귀깨나 끼는 집안이었다.

그러니 사업을 하기에도 편해 그렇게 정한 것이다.

* * *

좁은 주방, 하얀 조리복을 입은 사람들이 분주히 움직이고 있었다.

그 속에서 종득은 땀을 삐질 흘리면서도 전혀 힘든 내색을 하지 않고 싱크대 아래 고무 대야에 한 가득 쌓인 사용된 접시와 식기들을 닦았다.

조리 경력 10년 차에 이르는 그가 할 일은 아니었지만 어쩔 도리가 없었다.

이곳은 그가 원래 일을 하던 주방이 아닌 대타로 온 때문이다.

본래 5성급 호텔 양식부에서 근무하던 종득은 작년 연예인인 수현의 제안을 받았다.

자신이 오픈하는 식당의 주방을 맡아 달라는 제안이었다.

종득은 그 제안을 받고 한참 고민을 했다.

하지만 결정은 의외로 쉬웠다.

그도 그럴 것이, 호텔 주방에서 6년 차였던 그가 그곳의 주방을 맡으려면 몇 년을 더 근무해야 할지 가늠이 되지 않았다.

정상적으로 진급을 하더라도 지금까지 근무를 했던 것 이상은 더 근무를 해야 조리장이 될 것을 생각하면, 비록 호텔 식당은 아니지만 주방을 맡게 된다는 것은 요리사로서 꿈만 같은 일이었다.

더욱이 제안을 했던 수현의 요리 실력은 이미 정평이 나 있는 상태였기에 새로운 요리법을 배운다는 것도 결정을 하는 데 큰 역할을 했다.

하지만 호사다마라고 했던가? 새롭게 가르쳐 주는 요리 레시피를 익히며 가게의 오픈을 기다리던 중 사고가 터졌다.

가게 오픈이 착착 진행이 되던 중 오너인 수현에게 일이 생긴 것이다.

바로 연예인인 그에게 난 치명적인 스캔들이 그것이었다.

내부적으로 그것이 오보란 것을 알고 있었지만 돌아가는 분위기는 종득이 생각하는 것과는 다르게 흘러갔다.

그 때문에 잘 진행이 되던 가게 오픈이 중단되었다.

다른 직원들은 그나마 다른 음식점에 재취업을 할 수 있었지만 종득은 그렇지 못했다.

종득이 재취업을 하지 못한 데는 아이러니하게도 그의 경력이 크게 작용하였다.

그의 경력이 조금 더 적던가, 아니면 아예 많던가 했으면 취업을 하는 데 유리했을 것이지만, 그의 경력은 주방을 책임지기에는 너무 부족하고 또 그렇다고 신입으로 받기에는 너무 많았다.

그러다 보니 종득을 쓰려는 식당이 좀처럼 없었다.

그 때문에 하는 수 없이 식당에 결원이 생기면 임시 스텝으로 들어가는 일용직 조리사로 하루하루 연명할 뿐이었다.

그렇다고 자신에게 조리장 제안을 했던 수현을 원망하지는 않았다.

어차피 그건 자신의 선택이었고, 계획이 틀어진 것은 수현의 잘못이 아닌 뒤에서 자신들의 잘못을 숨기기 위해 여론을 조작했던 정치인과 그에 야합을 한 언론사들의 잘못이었다.

물론 아주 원망이 없을 수는 없었다.

하지만 종득은 그 또한 자신의 선택이었으니 감내할 뿐이었다.

"그만. 오늘 장사는 이만 종료한다."

가게의 주인이자 주방장의 영업 종료 선언에 분주하게 움직이던 스텝들이 일손을 멈췄다.

하지만 종득의 일이 끝난 것은 아니었다.

하루 고용된 인력이다 보니 설거지와 주방 청소는 식당 막내들과 함께 끝내야 했다.

주방장과 수석 셰프 등 요리사들이 빠지고 보조들과 함께 마무리하길 얼마나 했을까? 주방 뒤편 문을 통해 나가서는 마지막 음식물 쓰레기를 모아놓는 통에 버리고 일과를 마쳤다.

물론 식당 일이 모두 끝난 것은 아니지만 그건 일일 임시 직원인 종득이 할 일은 아니기에 사장에게 가서 하루 일당을 받고 가게를 나왔다.

영업 종료는 여덟 시 반에 끝났지만 마무리 작업을 하다 보니 어느새 시간은 한 시간이 지난 아홉 시 반을 가리키고 있었다.

따르릉.

주머니에서 전화벨이 울려 받아보니 아내였다.

늦은 시각이라 걱정이 된 것인지 아내에게서 전화가 온 것이다.

"응, 방금 끝났어. 곧 들어갈게."

탁.

뭔가 할 말이 있어 전화를 한 것 같았지만 바로 끊었다. 종득은 듣지 않아도 아내가 하려는 말이 무엇인지 짐작하고 있었다.

그래서 괜히 통화를 길게 하다 보면 언성이 높아질 것 같아 할 말만 하고 더 이상 아내의 말을 듣지 않고 끊어버렸다.

"젠장."

전화를 끊고 나니 문득 화가 났다. 자신의 신세가 한탄스러워서였다.

낼모레면 그도 40대다. 조금 늦은 나이에 요리에 관심이 생겨 배우기 시작해서다.

그랬기에 수현의 제안이 왔을 때 그 제안을 받아들인 것이다.

그런데 상황이 이렇게 되고 보니 자신의 성급한 판단 때문에 집안이 어려워진 것 같아서 화가 났다.

고개를 드니 앞에 편의점이 보였다.

딱.

벌컥.

"크으."

톡 쏘는 듯한 탄산이 목구멍을 쏘며 식도를 타고 내려갔다.

"하아."

맥주가 식도를 타고 내려갈 때만 해도 시원한 느낌에 해방감을 느꼈지만, 곧 다시 떠오른 현실에 앞길이 막막했다.

따르릉.

고민에 다시 한 목금 마시려 맥주 캔을 들었을 때, 또다시 전화벨이 울렸다.

"오늘은 날인가? 날 찾는 전화가 많네."

다른 때는 이 시간에 자신을 찾는 전화가 거의 없었다.

그런데 오늘은 아내를 필두로 전화벨이 연이어 울리는 것이다.

"여보세요."

자신의 앞날에 대한 고민으로 머릿속이 복잡했던 종득은 누군지 확인도 하지 않고 전화를 받았다.

꿀꺽.

놀란 종득은 침을 삼켰다. 전화를 걸어온 상대는 전혀 생각도 못한 뜻밖의 인물이었다.

*　　　*　　　*

메이링과 사업에 관한 논의를 하고 구체적인 계획까지 이야기하느라 시간이 많이 늦어졌다.

"아직 주무시진 않겠지?"

수현은 잠시 휴대폰을 들고 고민했다.

현재 시간이 아홉 시다. 그렇다면 한 시간 빨리 흘러가는 한국은 열 시쯤일 것이란 생각이 들자 전화를 걸지 말지 고민을 하는 것이다.

"일단 한번 해보자."

결심을 한 수현은 일단 전화를 걸어보기로 결정하고 전화번호를 눌렀다.

따르릉. 따르릉.

연결음이 들리고 곧 통화음이 들렸다.

— 여보세요.

무언가 삶의 무게에 눌린 듯한 묵직한 목소리가 들렸다.

'음.'

전화번호 주인의 목소리를 들은 수현은 속으로 묵직한 신음을 흘렸다.

수화기를 통해 들리는 삶에 찌든 목소리가 모두 자신 때문에 그런 것만 같았기 때문이다.

"김 셰프님, 저 정수현입니다."

수현은 얼른 목소리를 가다듬고 자신의 신분을 밝혔다.

"저 때문에 죄송합니다. 혹시 지금 다니고 계신 곳이 있으신가요?"

전화를 받은 김종득에게 수현은 단도직입적으로 물었다.

다른 곳에 취직을 했다면 굳이 부르지 않을 생각이었다.

어렵게 직장에 들어갔을 것인데 괜히 자신 때문에 또다시 모험을 하게 할 수는 없었기 때문이다.

— 김 셰프님. 저 정수현입니다.

수화기 너머 들리는 목소리에 종득은 순간 술이 확 깨는 느낌을 받았다.

원래 술을 잘 먹지 못하는 종득이기에 맥주 한 잔만 마셔도 얼굴이 벌게진다.

그 때문에 평소에는 술을 잘 마시지 않는데 오늘은 왠지 기분이 울적해 맥주를 마신 것이다.

"예, 오랜만입니다."

무엇 때문에 전화를 건 것인지는 모르겠지만 일단 톱스타가 자신에게 전화를 해주자 반갑게 인사를 하였다.

— 저 때문에 죄송합니다. 혹시 지금 다니고 계신 곳이 있으신가요?

무엇 때문에 그런 질문을 하는 것인지 알 수는 없지만 종득은 바른대로 대답을 해주었다.

"아닙니다. 아직 구하지 못했습니다."

대답을 하면서도 가슴이 먹먹해 오는 답답함이 올라왔다.

"하!"

자신도 모르게 한숨을 쉬었다.

— 음, 제가 드리는 말씀, 오해하지 마시고 들어주세요.

수화기 너머로 한숨 소리가 들린다.

수현은 김종득 셰프의 한숨 소리에 그가 현재 어떤 상황인지 짐작할 수 있었다.

자신이야 한국을 떠나 중국에서 활동하느라 한국에서의 일을 잊는다 해도 자신의 일을 돕다 한국에 남게 된 이들은 얼마나 힘들었겠는가.

수화기 너머에서 내쉬는 김종득 셰프의 한숨 소리를 듣게 되자 수현은 죄책감이 몰려들었다.

"음, 제가 드리는 말씀, 오해하지 마시고 들어주세요."

수현은 잠시 숨을 가다듬고 할 말을 하였다.

"한국에서 접었던 사업을 중국에서 다시 하게 되었습니다."

잠시 말을 멈추고 전화를 받고 있는 김종득 셰프의 반응을 기다렸다.

하지만 수화기 너머에서는 아무런 낌새도 느껴지지 않았다.

하는 수 없이 수현은 조금 전 메이링과 했던 이야기를 간략하게 들려주기 시작했다.

"중국에서 지인을 만나게 되어 함께 사업을 하게 되었습니다."

수현은 이미 한 번 실패를 했기에 조심스럽게 이야기를 하였다.

그렇게 한참 설명을 하고는 김종득에게 의향을 물었다.

아무리 좋은 계획이라도 그가 하지 않겠다면 다른 사람에게 전화를 해야 했기 때문이다.

물론 그가 허락을 한다고 하면, 다른 사람들은 그가 알아서 연락을 취해 모을 것이다.

한국에서 가게 오픈을 준비할 때도 김종득이 총괄 책임자로서 요리사들을 지휘했었다.

그러니 가장 먼저 그에게 전화를 한 것이기도 했다.

　　　　　　*　　　　　*　　　　　*

　종득은 전화를 받다가 깜짝 놀랐다.

　한 번 실패한 사업인데, 한국이 아닌 중국에서 다시 시작
하게 되었다는 수현의 말이 믿기지가 않았다.

　물론 일단 가게를 오픈하게 되면 성공할 수 있다는 생각
은 가지고 있었다.

　하지만 아무런 연고도 없는 중국에서 정말로 성공할 수
있을지는 종득으로서는 알 수가 없었다.

　하지만 일단 중국에서 다시 사업을 시작하게 되었다는 말
과 수현이 자신에게 먼저 전화를 걸었다는 점에서 종득은
조금 전 들었던 작은 원망이 솜사탕이 물에 녹듯 사르륵 사
라지는 걸 느꼈다.

　"그렇습니까? 제가 필요하다면 당연히 가야죠."

　현재 김종득의 사정상 수현이 한국에서 사업을 하든 아니
면 중국에서 하든 상관이 없었다.

　어디라도 불러준다면 달려갈 생각이었다.

　그런데 수현으로부터 뜻밖의 얘기가 전해졌다.

　"네? 한 번에 식당을 세 곳이나 오픈한다는 말씀이십니
까?"

　종득은 조금 전보다 더 놀랐다.

　그도 들은 것이 있었기 때문이다.

중국은 땅덩어리가 커서 그런지 웬만큼 한다는 식당들은 모두 엄청난 규모를 자랑한다.

게다가 수현 정도의 유명인이 한국에서처럼 작은 식당을 할 것이란 생각은 들지 않았다.

막말로 인기 아이돌 로열 가드의 리더 수현이 오픈한 식당이라고 소문이 나가기라도 한다면 가게는 장사진을 이룰 것이 분명하니 종득이 생각하기에도 그 식당의 규모는 상당할 것이 불을 보듯 뻔했다.

"하겠습니다."

더 이상 들을 것도 없었다. 아니, 종득의 입장에선 찬밥 더운밥 가릴 처지가 아니지 않은가? 종득은 수현의 설명을 더 들을 필요 없이 수락하였다.

"알겠습니다. 다른 사람들은 제가 연락을 해보겠습니다."

자신처럼 수현이 차릴 가게에서 근무하기 위해 준비하던 요리사들의 근황을 체크하고, 이상이 없다면 모으는 일을 종득이 맡았다.

"야호!"

야구 격언에 '게임은 끝날 때까지 끝난 것이 아니다' 라는 말이 있다.

지금 종득은 자신에게 닥친 일이 바로 그 말과 같다는 생각이 들었다.

작년 가게 오픈이 무산되었을 때까지만 해도 모든 것이

끝난 것만 같았다.

아직 30대 후반이라고 하지만 모아둔 돈이 없어 자신의 가게를 차릴 수도 없고, 그렇다고 다른 식당에 가서 밑바닥부터 새롭게 시작할 수도 없어 참으로 암담했다.

그 때문에 일이 없을 때면 그냥 정처 없이 밖으로 싸돌아다니다 저녁 늦게나 집으로 들어갔다.

그래야 아내와 언쟁을 하지 않았기 때문이다.

그런데 자신에게 다시 한 번 기회가 주어졌다.

조금 불안하기는 하지만 이번에 온 기회를 외면하기에는 그의 처지가 너무도 궁색했다.

그리고 한편으로는 설마 톱스타인 정수현이 자신을 속일 이유가 없다는 생각도 들었기에 냉큼 제의를 받아들였다.

탕.

아직 반이나 남은 맥주를 쓰레기통에 버린 종득은 급한 걸음으로 집으로 향했다.

그리고 집으로 향하는 그의 손에는 아내가 좋아하는 통닭이 들려 있었다.

오랜만에 아내와 치킨에 맥주를 마시며 지금까지 소원했던 마음을 털어낼 생각을 하고 걷다 보니 그의 발걸음이 점점 더 빨라졌다.

＊　　　＊　　　＊

김종득 셰프와 통화를 마친 수현은 잠시 아무런 말도 하지 않고 창밖으로 빛나는 텐진 시의 야경을 쳐다보았다.

하지만 그는 지금 텐진의 야경을 구경하는 것이 아니었다.

그저 조금 전 통화를 한 것에 대한 생각을 정리하는 중이었다.

'이번에는 결코 실패하지 않을 것이다.'

자신 때문에 고통받고 있었을 사람들을 잠시나마 잊고 있었다는 생각에 반성을 하는 한편, 한국에서의 실패 원인을 되짚어보았다.

그렇게 실패 원인을 되짚다 보니 수현은 자신이 실패한 이유를 깨달았다.

실패에는 여러 가지 이유가 있었지만 가장 근본적인 잘못은 자신이 차리는 가게와 스캔들이 별개라 여긴 것이다.

애초에 문제를 하나로 생각하고 자신이 초기 대응을 제대로만 했다면 스캔들도, 가게 오픈이 무산되는 것도 잘 빗겨갈 수 있었을 것인데 그러지 못했다.

그리고 정치인들과 완벽하게 척을 진 것 또한 잘못된 판단이었다.

이재명 사장이 스캔들이 확산되는 배후에 정치인들이 있

다는 것을 알려왔을 때, 좀 더 이성적으로 제대로 대처했다면 이렇게까지 악화되진 않았을 것임을 뒤늦게 깨달았다.

정치인은 가까이도 그렇다고 멀리도 두지 말아야 할 존재들이었다.

한국에서 사업을 하려면 몇몇 피해야 하는 존재들이 있었다.

대표적으로 정치인과 종교인, 그리고 언론인과 주부들이다.

이들과 척을 져서는 결코 사업에 성공을 할 수가 없었다.

정치인들은 그들이 가진 권력으로 사업을 엉망으로 만들수 있는 힘이 있으며, 종교인은 생각보다 편협한 이들이 많았다.

종교에서 가르치는 교리와는 상반되게 행동하는 이들이 있는데, 그런 이들 대부분이 그 집단에서 상당한 지위를 가지고 있었다.

그 때문에 종교인과 척을 지게 되면 좋지 못했다.

또 언론과 주부도 마찬가지다. 언론이야 두말할 것도 없고, 주부들 또한 일반인들이 생각지 못할 정도로 막강한 힘을 가지고 있었다.

수현이 사업을 오픈도 하지 못하고 접은 데에는 이런 이들의 힘이 작용했다.

정치인들의 권력과 언론의 여론 조장, 그리고 확인되지도

스타라이드

않은 수현의 스캔들을 마치 기정사실인 양 성토하는 주부들의 집회 때문에 수현은 결국 그 등살에 못 이겨 사업을 포기하고 한국을 떠난 것이다.

이런 생각들을 하다 보니 수현은 앞으로 무엇을 조심해야 할지 어느 정도 정리가 되면서, 다시 한번 이번 중국에서 할 사업은 실패하지 않겠다 다짐했다.

Chapter 5

요리 실력을 보이다

텐진 화베이구에 위치한 스카이 시티몰.

텐진 시에 자리하고 있는 쇼핑몰 중 세 번째 크기를 자랑하는 대형 쇼핑몰이다.

중국 3대 도시에 속하는 텐진 시에서도 세 번째로 큰 쇼핑몰이라고 불리고 있었는데, 이곳의 사장인 메이링은 세 번째라는 말이 듣기 싫었다.

다른 사람도 아니고 텐진 시의 시장을 아버지로 둔 관얼다이인 자신이 운영하는 쇼핑몰이 다른 곳도 아니고 텐진 시에서 무려 세 번째라는 것이 자존심이 상했다.

그래서 어떻게 하면 이를 극복하고 올라설까 고심을 하다 친구인 양시시와 진샤오린은 물론이고, 최근에 인연을 맺은 수현을 자신의 사업에 끌어들이기로 하였다.

친구 양시시와 진샤오린은 어릴 때부터 집안끼리 친하고 단짝이었기에 본래도 서로 도움을 주고받는 사이라서 동업을 하는 것이 쉬웠다.

하지만 연예인, 그것도 중국인이 아닌 한국인 수현을 자신의 사업에 참여시키는 일은 무척이나 신중하게 판단을 해야만 하는 사안이었다.

수현의 인기만을 생각한다면 굳이 동업의 형식으로 할 필요는 없었다.

그렇지만 메이링은 수현을 단순하게 연예인으로서 보고 그의 인기에 편승하여 사업 확장을 하려는 것이 아니었다.

물론 처음에는 인연을 맺게 된 한류 스타인 수현을 광고 모델로 사용할 생각도 했었다.

하지만 수현에 대해 알면 알수록 그가 단순한 스타가 아니란 것을 깨달았다.

수현이 비록 중도에 포기를 하기는 했지만, 자신의 이름을 걸고 요식업 체인 사업을 준비했었다는 것을 알게 되었다.

메이링이 검토해 본 결과 그 사업은 무척이나 유망한 것이었다.

다만, 시기적으로 환경적으로 맞지 않아 실패했을

뿐이다.

이런 정황을 알게 된 메이링은 빠르게 친구들인 양시시와 진샤오린에게 의사를 타진했다.

동업을 하기로 한 뒤 아이템을 찾던 중 메이링이 찾아낸 수현의 음식점이란 아이템에 두 친구들도 금세 꽂혔다.

이미 로열 가드와 수현의 팬인 두 사람은 수현이 음식점 체인 사업을 하려고 했었다는 것은 기존에 이미 알고 있었다.

그런데 미처 자신들은 생각지 못했던 것을 메이링이 생각해 내고 사업 파트너로 수현을 동참시키자고 제안하자 흔쾌히 찬성을 한 것이다.

각자의 의견이 확인되자 그 뒤로는 일이 일사천리로 진행되었다.

처음 수현이 메이링으로부터 제안을 받은 지 불과 2주도 되지 않은 열흘이 지난 시점에서 벌써 공사가 끝나고 메이링이 운영하는 스카이 시티몰에 입점을 한 것이다.

이뿐만 아니라 북경과 상해에도 약간의 시간적 차이는 있지만 이달 내에 음식점이 오픈을 하기로 되어 있었다.

*   *   *

"모든 준비는 끝났겠지?"

메이링은 단정한 정장을 입고서 직원들을 진두지휘하고 있었다.

오늘은 레스토랑 황찬이 오픈하기 전 텐진 시의 중요 인사들을 초청해 시식회를 하는 자리였다.

이는 사업적으로 아주 중요했다.

텐진 시의 시장인 그녀의 아버지도 참석을 하고, 또 아버지의 지인인 중앙당의 고위 간부도 몇 명 온다는 연락을 받았다.

그 때문에 메이링은 이른 시각부터 나와 황찬의 직원들을 닦달하며 지휘를 하고 있는 것이다.

"준비는 다 됐어?"

언제 왔는지 친구이자 동업자인 양시시가 다가와 물었다.

"응. 그런데 오빠가 아직 도착을 안 했네?"

메이링은 평소 수현과 함께 있을 때는 이름을 부르지만 다른 사람이 있을 때면 그를 오빠라 호칭하였다.

이는 자신이 수현과 가깝다는 것을 외부에 은연중에 표현하는 것이었다.

"뭐, 수현 오빠는 촬영이 끝나면 오기로 했으니… 지금쯤이면 이곳으로 오고 있겠네."

양시시가 메이링이 수현을 언급하자 변명하듯 말을 하였다.

"후, 그건 나도 알고 있는데, 아버지께서 오늘 중앙당에서 높은 사람이 온다고 해서⋯⋯."

텐진 시의 시장을 아버지로 두고, 또 학창 시절이나 졸업한 뒤에도 어린 나이에 사업을 시작해 승승장구하면서 자신감이 충만한 메이링이었지만 자신이 런칭한 사업장에 중앙당 고위 간부가 온다는 사실에 긴장을 한 것이다.

그리고 이런 메이링의 모습에 그녀의 친구인 양시시는 눈을 동그랗게 뜨며 놀랐다.

언제나 무슨 일을 하던 자신감이 충만한 친구가 긴장을 하는 모습은 좀처럼 보기 어려웠는데, 지금 그런 보기 힘든 장면을 눈으로 확인하자 놀란 것이다.

"천하의 메이링이 이렇게 긴장을 하다니, 꼭 신랑을 선보이는 신부 같다."

긴장한 모습을 놀리기 위해 한 말이지만 그녀의 이야기를 들은 메이링이 얼굴을 붉히는 모습에 다시 한 번 놀라는 양시시였다.

"어머, 어머. 너 뭐 있구나?"

얼굴을 붉히는 친구의 모습에 양시시는 그렇게 중얼거렸다.

"준비는 잘되고 있는 거야?"

"어머, 오빠."

"왔어요?"

양시시는 수현이 나타나자 반갑게 그를 맞았다.

그에 비해 조금 전 친구의 놀림을 받은 메이링은 양시시가 했던 말이 다시 한 번 떠올라 수줍게 수현을 맞았다.

"응, 시시는 오랜만이네."

수현은 한 달 만에 보게 되는 양시시를 보며 인사를 하였다.

"오빠, 너무한 것 아냐? 여기서 북경이 얼마나 된다고 한 번을 안 와?"

자신의 홈그라운드인 북경으로 한 번도 오지 않은 수현을 보며 양시시는 살짝 투정을 부렸다.

"하하, 너도 알잖아. 촬영 바쁜 것."

"알아. 그러니 이 정도로 하는 것이에요."

"그래, 고맙다. 그런데 샤오린은 보이지 않네?"

언제나 삼총사마냥 함께 다니는 메이링과 양시시, 그리고 진샤오린 중 두 사람은 보이는데, 마지막 친구인 진샤오린의 모습이 보이지 않아 물어본 것이다.

"네, 샤오린은 오늘 못 온다고 연락이 왔어요."

친한 것도 친한 것이지만, 진샤오린은 이곳 황찬의 공동 투자자다.

그런데 비록 정식 오픈은 아니지만 중요 인사들을 초청해 임시 오픈을 하는 자리인 오늘 자리에 함께하지 못한다는 말에 수현은 의문이 들었다.

"무슨 일이 있나?"

황찬이 입점해 있는 스카이 시티몰의 사장인 메이링 못지 않게 황찬의 오픈에 깊은 관심을 보이고 있던 진샤오린이 중요한 행사인 오늘 오지 못한다는 말에 걱정이 되어 물은 것이다.

"그게, 무슨 안 좋은 일은 아니고…… 하필 샤오린의 아버지가 샤오린에게 선을 보라고 했는데, 그게 오늘이에요."

"아."

언제나 소녀처럼 양시시의 뒤에서 자신을 힐끗 쳐다보던 진샤오린이 오늘 선을 보는 것 때문에 오지 못했다는 말에 수현은 고개를 끄덕였다.

"그럼 어쩔 수 없지. 그런데 손님 맞을 준비는 다 끝난 것이야?"

보이지 않던 진샤오린의 행방이 확인되자 수현은 그녀에 대한 관심을 털어내고 당면한 문제인 시식회에 대한 질문을 하였다.

"네, 제가 몇 번이나 확인했어요."

수현의 질문에 메이링은 고개를 끄덕이며 대답하였다.

그런 메이링의 자신 있는 대답에 수현도 고개를 끄덕이고 는 주방으로 향했다.

메이링이 잘 점검을 했을 것이지만, 수현도 직접 눈으로 확인하고 싶었다.

비록 동업으로 사업에 참여하는 것이라고는 하지만 한 번 실패를 했던 일이기에 꺼진 불도 다시 보자는 심정으로 확인하려는 것이다.

*   *   *

화르르르.

황찬의 주방은 마지막 실전 테스트를 앞두고 무척이나 분주하게 돌아갔다.

더욱이 이번 테스트는 단순한 테스트가 아니었다.

중국에서 권력의 중심에 있는 이들이 다수 포함되었다는 이야기를 들었기에 주방 안에는 긴장감마저 돌았다.

"야, 3번 화덕의 화력이 왜 이것밖에 안 돼!"

"점검해 보겠습니다."

"정신 어디에 두고 있는 거야! 오늘이 무슨 날인지 몰라? 상준아, 뭐 하고 있어!"

"네, 갑니다!"

주방에 있는 많은 화덕 중 하나가 문제를 일으킨 것 같았다.

이를 주방에 들어가다 듣게 된 수현은 한참 정신없이 주방을 지휘하고 있는 김종득 셰프에게 다가가 물었다.

"무슨 문제 있습니까?"

한참 주방 식구들을 지휘하고 있는데 누군가 다가와 말을 걸자 인상을 찡그리던 종득은 시선을 돌리다 자신에게 말을 건 사람이 수현이란 것을 알고 얼른 인사를 하였다.

"아, 사장님. 오셨습니까?"

종득은 수현에게 '사장님'이란 표현을 쓰며 인사를 하였다.

"하하, 사장님이라니요. 여기 사장은 밖에 있는 메이링 씨입니다."

수현은 얼른 종득이 자신을 지칭한 명칭을 정정해 주었다.

"메이링 사장님께서 그렇게 부르라고 하시던데요. 사장님께서도 여기에 출자를 한 동업자시라고."

종득은 수현의 이야기에 빙그레 웃어 보이며 대답을 하였다.

이번에 오픈한 황찬은 메이링과 두 친구들이 각각 1억 위안을 출자하여 법인을 설립하였다.

그리고 수현에게도 동일한 지분을 주었다.

물론 이번에 오픈하는 텐진과 북경, 그리고 상해 점포에 한해서이다.

만약 다른 도시에서도 오픈을 할 경우 함께 설립한 법인에서 남는 이득금으로 오픈을 하는 상황이 아니기 때문에 수현은 메이링이나 다른 동업자와 다르게 권한이 없었다.

수현은 지분만 동일할 뿐, 출자금을 내지는 않았기 때문이다.

다만, 이때 수현도 함께 출자를 한다면 그때는 공동의 권한이 주어진다.

즉, 주식 증자와 비슷하다고 보면 된다.

북경, 텐진, 상해에 오픈하는 것을 주식시장에 상장하는 것이라고 보면, 이들 세 곳의 점포에서 벌어들인 수익금으로 점포를 늘리게 되면 이는 무상증자가 되는 셈이고, 그렇지 않고 공동 출자를 했던 세 사람이 또 다른 출자금을 가지고 점포를 늘리게 되면 그건 유상증자가 되는 것이다.

그러니 동등한 권리를 얻으려면 수현도 나중에는 그만한 자금을 내고 참여를 해야 한다는 이야기다.

하지만 그것도 일단 오늘 최종 테스트를 무사히 넘겨야 가능한 일이었다.

중국에서는 공산당 간부가 끼지 않으면 사업을 하기가 힘들었다.

그런 관계로 오늘 오는 VIP, 아니, VVIP 손님들의 입맛을 확실하게 사로잡아야 앞으로 황찬이 성장을 하는 데 도움이 될 것이다.

"그건 그냥 넘어가기로 하고, 조금 문제가 있는 것 같은데……."

수현은 살짝 말을 흐렸다.

"조금 문제가 있기는 하지만 큰일은 아닙니다."

스타라이드

종득은 수현의 질문에 별다른 긴장감 없이 대답을
하였다.

조금 전, 밑에 있는 식구들에게야 긴장하라는 의미에서
호통을 쳤지만, 많은 화덕 중 겨우 하나의 화덕이 예상보다
화력이 나오지 않는 것은 그리 큰 문제가 아니었다.

어차피 주방에서 사용하는 불이라는 것이 음식을 할 때면
수시로 화력을 조절하는 것이니 굳이 문제가 발생한 화덕에
강력한 화력이 필요한 요리를 하지 않으면 그만이었다.

실제로도 중화요리를 빼고는 그렇게 강력한 화력이 필요
한 요리가 없었다.

이들이 있는 황찬은 중식은 물론이고, 한류 드라마의 영
향으로 인기가 높아진 한식과 고급스러운 양식, 그리고 일
식과 수현의 특기라고도 할 수 있는 서바이벌 요리까지도
메뉴에 들어 있었다.

때문에 이 모든 것을 다 하려면 아무리 많은 요리사가 있
더라도 감당할 수 없었다.

그래서 생각해 낸 방법은 바로 다양한 메뉴를 1주일 단위
로 끊어 매일 요리의 종류를 바꾸는 것이다.

즉, 월요일에 나가는 요리와 화요일에 만들어지는 요리가
다르다는 소리다.

그리고 황찬의 요리를 모두 맛보려면 1주일은 와야 한다
는 이야기였다.

이는 황찬이 단순한 음식점이 아니라 하루에 다 감상하지 못하고 여러 번 와야 모든 것을 구경할 수 있는 테마공원처럼 마케팅을 짠 것이었다.

처음 이런 이야기를 했을 때, 메이링이나 다른 동업자들은 수현의 말을 이해하지 못했다.

매일 판매하는 음식이 바뀐다는 개념을 이해하지 못했기 때문이다.

하지만 차분히 설명하는 수현의 이야기를 모두 들은 뒤에는 그녀들도 고개를 끄덕일 수밖에 없었다.

중국은 땅덩어리가 크고 인구가 많다 보니 음식점이나 요리의 가짓수도 많았다.

더욱이 문호 개방으로 인해 음식의 종류가 더욱 많아졌다.

외국에 유학을 다녀온 유학생들이나 외국을 자주 나가는 외교관이나 사업가들로 인해 외국의 음식이 중국에 소개가 되면서 사람들도 그들이 먹는 음식에 관심을 가지게 되니 자연스럽게 서양 음식을 파는 음식점도 늘어나게 된 것이다.

이런 속에서 황찬이 성공을 하려면 그들과는 다른 마케팅이 필요했다.

그런데 그것을 수현이 단번에 해결을 한 것이다.

실제로 마케팅은 사업을 하는 데 무척이나 중요한

요소다.

제품을 알리기 위해 엄청난 액수가 마케팅 비용으로 들어가고, 이 때문에 자연스럽게 제품의 가격도 높아진다.

황찬도 만약 수현이 이런 제안을 하지 않았다면 보다 많은 비용을 들여 마케팅을 했을 것이다.

하지만 수현이 생각해 낸 방법을 사용하면 호기심을 느낀 중국인들이 먼저 찾을 것이 분명했다.

그렇지만 그 외에도 황찬의 오픈을 중국인들에게 알릴 강력한 한 방이 필요하기는 하였다.

지금은 시골에서도 찾아보기 힘들지만 작두 펌프란 것이 있다.

마치 작두를 사용하듯 수동으로 손잡이를 위아래로 펌프질을 하여 지하에 있는 물을 끌어 올리는 장치다.

그런데 모터의 힘으로 돌아가는 자동 펌프와 다르게 이 작두 펌프는 물을 끌어 올리기 위해선 일단 마중물이란 것이 필요했다.

그도 그럴 것이, 작두 펌프의 피스톤은 마중물이란 것이 없을 때는 제대로 작동을 하지 않기 때문이다.

관 안에 적당한 압력이 형성되어야 지하수가 지표로 올라오는데, 마중물이 없으면 압력이 형성되지 않고 그냥 공기가 실린더 내부를 통과하기에 그러한 현상이 일어난다.

하지만 이때 마중물이 있다면, 실린더 아래와 위가 중간에 있는 마중물로 인해 기압의 변화가 발생한다.

그렇게 발생한 압력이 지하에 있는 물을 지표로 올라오게 만드는 것이다.

이처럼 오픈을 하는 음식점이 대중에게 알려지게 하기 위해선 마중물과 같은 마케팅이 필요하고 평범해서는 살아남기 힘들다.

그래서 여러 가지 방법들이 동원되는데, 메이링은 이를 텐진 시의 시장을 아버지로 두고 있는 자신의 배경을 이용해 해결을 보았다.

바로 고위 공직자들을 오픈 전에 초대하여 대접하는 것이다.

이는 사업을 하는 입장에서 아주 좋은 마케팅 방법이다.

공산주의 국가인 중국에서 공직자와 연관된 사업은 크게 성장한다는 건 누구나 아는 사실이다.

그리고 이런 고위 공직자들이야말로 중국의 유행을 선도하는 집단이기도 했다.

이들이 하는 것, 먹는 것 등 모든 것들이 유행이 된다는 말이다.

그러니 오늘 있을 최종 테스트가 성공적으로 끝나게 되면 황찬의 성공은 따 놓은 당상이나 마찬가지다.

때문에 메이링이 그렇게 촉각을 곤두세우고 진두지휘를 하는 것이고, 주방도 덩달아 분주한 것이다.

＊　　　　　＊　　　　　＊

　사천성 성장인 시평안은 중앙당에 볼일이 있어 북경에 올
라왔다가 정치적 동지인 리자준의 초대를 받아 텐진에 왔
다.

　비록 자신보다는 중국 내 권력 서열에서 한 단계 낮다 하
더라도 중국 내 3대 도시라는 텐진 시의 시장을 맡고 있는
리자준은 무척이나 중요한 파트너다.

　중국공산당 당원으로서 고위직에 있는 그로서는 만약 리
자준이 도와준다면 어쩌면 최고 권력 집단인 7인의 상무위
원에 뽑힐지도 모르는 일이기에 점심 초대를 흔쾌히 받아들
였다.

　더욱이 오늘의 초대는 부부 동반이라 그동안 소원했던 부
인과의 관계를 진전시킬 좋은 기회이기도 했다.

　그도 그럴 것이, 오늘 점심 초대를 한 리자준이 은근히
말하길 자신들이 가는 식당이 한류 스타인 정수현이 오픈하
는 곳이라 하였다.

　정수현이란 이름은 중국의 권력 서열 16위인 그도 잘 알
고 있었다.

　물론 개인적으로 잘 알고 있다는 것이 아니라 그의 부인
과 딸들 때문에 알게 되었다.

한국의 유명 아이돌 그룹의 리더이며 연기를 잘하는 배우이기도 한 수현을 그의 부인과 딸이 너무도 좋아했다.

더욱이 수현은 텐진 TV에서 현재 방영하고 있는 드라마의 주연을 맡아 열연하고 있었다.

전통적으로 중국인들이 호감을 가지는 상은 아니었지만 최근 젊은 중국인들 사이에서는 선호할 만한 인물이었다.

잘생기고 호리호리하면서도 단단한 체형을 가지고 있어 마치 르네상스 시대의 조각상이 살아 움직이는 듯한 모습을 하고 있기에, 사실 부인과 딸 때문에 알게 되었지만 그 또한 반해 버렸다.

그러니 리자준 텐진 시장의 점심 초대를 은근히 기대하고 있는 중이었다.

"그런데 그가 무슨 이유로 이곳에서 식당을 개업한 것이오?"

시평안은 앞자리에 앉은 리자준을 보며 물었다.

"그러게요. 저도 무척 궁금하네요."

남편이 점심 초대를 한 텐진 시장 리자준에게 질문을 하자 장시안도 관심을 보이며 물었다.

"하하, 실은 그와 제 딸 메이링이 몇 명의 친구들과 동업을 합니다."

리자준은 이야기를 하면서도 살짝 시평안의 눈치를 살폈다.

혹시나 자신이 그를 이용한다는 느낌을 줘선 안 되기 때문이다.

하지만 다행히 시평안에게서 불쾌해하는 느낌은 느껴지지 않았다.

"여기 1호점인 텐진을 시작으로 북경과 상해에도 2호점, 3호점을 오픈할 예정이라고 하더군요."

"그래요? 그러고 보니 수현이 한국에서 식당을 준비하다 정치적 문제로 접었다고 하던데."

장시안은 리자준의 이야기를 듣고는 뭔가 생각이 났는지 자신이 알고 있는 정보를 이야기하였다.

"정치적 이유?"

정치적이란 단어가 들어가자 시평안이 고개를 돌려 부인인 장시안을 쳐다보며 물었다.

정치인인 그로서는 그 단어에 민감할 수밖에 없어 관심을 보인 것이다.

혹시나 오늘 행보가 자신의 앞으로의 행보에 어떤 문제가 되는 것은 아닌가 걱정이 되기도 했기 때문이다.

"응, 한국 정치인들이 자신들의 허물을 덮기 위해 유명 스타인 그를 희생양으로 삼아서 준비하던 사업이 시작도 하기 전에 실패를 했다고 하더라고요."

정치인의 아내로 있다 보니 정보의 중요성을 잘 알기에 언제나 어떤 사건을 볼 때면 깊게 사고를 하는 그녀였다.

다른 나라도 마찬가지지만 중국에서도 남편의 출세를 위해선 아내의 역할이 무척이나 중요했다.

아무리 그녀가 수현을 좋아한다고 해도 그것은 어디까지나 팬으로서 스타 수현을 좋아하는 것이지, 만약 남편의 행보에 방해가 된다면 철저하게 추락시킬 수도 있었다.

"그런 것이야?"

이야기를 들어보니 별거 아니란 판단에 시평안은 짧게 물었다.

"네. 그런데 당신 그거 알고 있나요?"

"뭐?"

"수현이 그렇게 요리를 잘한대요."

"그래? 그게 정말인가?"

한류 스타인 수현이 요리도 잘한다는 말에 시평안은 눈을 동그랗게 떴다.

부인과 딸 때문에 자신도 수현에게 호감을 가지고 있는데, 그런 정보는 처음 들어보았기 때문이다.

"그런 것도 알고 계셨습니까?"

리자준은 장시안의 이야기에 눈을 동그랗게 떴다.

그도 자신의 딸인 메이링에게서 들어 알고는 있었지만 설마 장시안이 알고 있었을 것이라고는 예상하지 못했다.

"혹시 오늘 수현이 해주는 요리를 먹어볼 수 있나요?"

장시안은 느닷없이 수현이 해주는 요리를 먹을 수 있는지 물었다.

이는 리자준이 전혀 예상하지 못한 질문이었다.

"그게… 그런 이야기를 들어보진 못했지만, 그곳의 요리사들이 수현에게 요리를 배웠다고 하는 이야기는 들었습니다."

리자준은 너무도 느닷없는 질문에 어떻게 대답해야 할지 갈피를 잡지 못하다 그냥 들은 대로 이야기를 해주었다.

"아, 그렇군요. 사실 연예인인 그가 해주는 요리를 먹는다는 것은 팬으로서 기쁜 일이기는 하지만, 식당 오픈을 하는데 그런 부탁을 할 수는 없겠지요."

뭔가 아쉬운 마음이 남기는 했지만 자신이 무리한 이야기를 한다는 것을 잘 알고 있는 장시안은 포기가 빨랐다.

하지만 그런 장시안을 보는 시평안이나 맞은편에 앉아 있는 리자준의 입장에서는 가볍게 넘길 사안이 아니었다.

'이거 한번 부탁을 해봐야 할 것 같군.'

장시안도 장시안이지만, 실망하는 그녀의 얼굴을 보고 있는 시평안의 표정이 눈에 들어왔기 때문에 리자준은 그런 생각을 하게 되었다.

*   *   *

"도착했다!"

메이링은 식당 안으로 들어오며 소리쳤다.

방금 전 아빠의 비서인 진샹으로부터 연락이 왔다.

손님들이 스카이 시티몰 정문에 도착을 했다는 것이다.

사전에 VVIP 손님들이 어떤 요리들을 좋아하는지 들어 모든 준비를 하고 있었다.

그러니 도착했다는 연락이 오자마자 이를 주방에 알린 것이다.

메이링의 신호가 떨어지기 무섭게 주방에서는 요리가 만들어지기 시작했다.

그리고 손님들이 오기 전 잠시 쉬고 있던 직원들과 수현도 황찬의 입구에서 대기하였다.

비록 그가 연예인이라고는 하지만 오늘은 연예인으로서가 아닌 이곳 황찬의 공동 사장으로서 자리하는 것이니 손님을 맞이하려는 것이다.

띵.

엘리베이터가 도착을 하고 문이 열리면서 가장 먼저 경호원들의 모습이 보이고, 그 뒤로 리자준과 풍채가 건장한 장년의 남성이 왼쪽에 비슷한 연배의 부인으로 보이는 여성과 함께 내리는 모습이 눈에 들어왔다.

"어머, 오늘 아빠가 초대하신 분이 시 아저씨네."

메이링은 아버지와 함께 엘리베이터에서 내리는 장년의 얼굴을 보고는 놀라 중얼거렸다.

"시 아저씨?"

옆에서 대기를 하고 있던 양시시도 그녀의 말에 엘리베이터에서 내리는 일행들을 자세히 쳐다보았다.

"어머, 진짜네. 너희 아버지가 너무 무리하신 것 아니니?"

시시가 시평안의 모습을 확인하고는 메이링에게 물었다.

메이링처럼 그녀 또한 관얼다이였기에 중국 내 핵심 권력자들의 얼굴 정도는 알고 있었다.

그런데 무려 16위의 권력자가 온 것이다.

그것도 자신의 관할과는 먼 이곳 텐진까지 말이다.

그녀들의 대화를 들은 수현은 의아한 생각이 들었다.

메이링의 아버지와 함께 엘리베이터를 타고 올라온 사람이 얼마나 대단한 사람이기에 두 사람이 이렇게 놀라고 있는 것인가 하는 생각에서다.

"하하, 메이링. 축하한다."

"호호, 메이링. 오랜만에 보니 많이 예뻐졌는데. 이젠 시집가도 되겠다."

시평안과 장시안은 엘리베이터에서 내리다 가장 먼저 눈에 들어오는 메이링을 보며 축하 인사를 하였다.

"어머. 정말이네?"

메이링에게 인사를 하던 장시안은 메이링의 옆에 나란히 서 있는 수현의 모습을 보고 놀라 소리쳤다.

"수현 씨, 여기 이분은 사천성 성장 시평안 님이시고, 이분은 시평안 님의 부인 장시안 님이세요."

메이링은 얼른 앞으로 나서서 수현에게 두 사람을 소개하였다.

"성장님, 이쪽은 저와 동업을 하는 정수현 씨입니다."

공적인 자리이기에 메이링은 정석적으로 수현을 시평안과 장시안에게 소개하였다.

"처음 뵙겠습니다. 정수현이라고 합니다."

수현은 살짝 허리를 숙이며 공손하게 인사를 하였다.

그렇지만 절대로 그 모습이 비굴하게 보이지는 않았다.

인사하는 모습에서 절도와 기개가 보여 인사를 받는 시평안이나 장시안은 그저 막연했던 호감이 조금 더 깊어지는 것을 느꼈다.

만약 이것이 게임이었다면 수현에게 알람 소리와 함께 '시평안과 장시안의 호감도가 올랐습니다'라는 메시지가 들렸을 것이다.

그 정도로 조금 전보다 더 밝게 시평안과 장시안의 표정이 펴졌다.

'이거, 반응이 좋은데.'

옆에서 이를 지켜보는 리자준과 리메이링 부녀는 특별 손님인 시평안과 장시안의 표정이 좋은 것에 속으로 기뻐하였다.

"들어가시지요."

메이링은 얼른 앞으로 나와 그들을 안내하였다.

"호, 잘 꾸며져 있군."

황찬 안으로 들어선 시평안은 실내 인테리어를 보며 고개를 끄덕였다.

그도 그럴 것이, 황찬의 인테리어는 너무 전통적이지도 않고 그렇다고 너무 현대적으로 꾸며지지도 않았다.

가볍지도 그렇다고 무겁지도 않게 적당한 균형을 잡아 전체적으로 고급스러운 느낌이 물씬 풍겼다.

"좋네요. 우리가 있는 곳에도 이런 식당이 있으면 얼마나 좋겠어요?"

장시안도 남편과 비슷한 느낌을 받았는지 작게 중얼거렸다.

물론 이는 그녀의 가까이에 있던 메이링의 귀로 흘러들었다.

'좋았어. 다음은 사천성의 청두다.'

사천성의 성장과 그의 부인이 관심을 보이기 시작하자 메이링의 머릿속에서 빠르게 계산기가 눌러졌다.

"하하하하."

"호호호호."

실내의 분위기는 무척이나 화기애애하였다.

그도 그럴 것이, 분위기도 좋고, 좋은 음식에 가까운 사람들이 모여 식사를 하다 보니 그러하였다.

식사를 하면서 나누는 대화도 그리 무거운 주제가 아니었기에 더욱 즐거웠다.

"아저씨, 어떠세요? 입에 맞으신가요?"

메이링은 즐겁게 웃고 있는 시평안을 보며 물었다.

"주방장이 한국인이라고 해서 별로 기대를 하지 않았는데, 제대로 된 주방장을 고용했는지 맛이 상당히 좋구나."

"그래요. 제대로 된 사천요리였어요."

장시안도 남편의 평가처럼 엄지손가락을 치켜 올리며 호평을 하였다.

"그럼 이 음식은 어떤가요?"

메이링이 이번에 물어본 것은 조금 전에 물어본 중국 사천요리가 아닌 조금 특이한 요리였다.

외향은 닭 수프같이 보이는데, 중국식 닭 수프와는 다른 모습이었다.

한국 드라마에서 보았던 한국식 닭 수프(백숙)하고 비슷하면서도 또 다른 그것의 정체는 바로 수현의 레시피로 만든 닭백숙이었다.

중국인들은 닭 요리를 무척이나 좋아하여 그 요리의 가짓수만도 엄청 많았다.

그 때문에 중국인들의 입맛을 사로잡기 위해선 특별한 비

스라이트

법이 필요했는데, 수현은 이를 위해 직접 레시피를 완성하였다.

한국식 삼계탕을 응용하여 몸에 좋은 한약재를 첨가하고 한약재 특유의 향과 쓴맛은 과일을 이용하여 잡았다.

그리고 삼계탕에 들어가는 찹쌀 대신 고구마와 비슷한 얌을 속에 채워 넣었다.

이는 영양과 맛을 함께 잡기 위해 그러한 것인데, 그 균형이 아주 적절해 주방 식구들도 수현이 만든 특제 삼계탕에 환호를 했었다.

그렇기에 메이링은 황찬의 특별 메뉴인 이 특제 삼계탕의 평가를 기대하는 것이다.

"이건 무슨 요리지? 한 번도 보지 못한 요리인데……."

"맞아요. 어떻게 보면 봉황탕이나 한국의 삼계탕처럼 보이기는 한데 좀 다르네요. 어쨌든 보기에는 그럴듯해요."

장시안은 고개를 갸웃거리며 도자기 그릇에 담긴 커다란 삼계탕에 대한 감상을 이야기하였다.

"맞아요. 그것은 정수현 씨가 개발한 레시피를 토대로 만든 저희 황찬의 특별 요리입니다. 한 번 맛보시고 평을 해 주시기 바랍니다."

메이링은 요리의 평가를 부탁하면서도 이 요리를 수현이 개발했다는 것을 시평안과 장시안에게 어필하였다.

이는 식당으로 들어서면서 두 사람이 수현에게 보내는 호의를 느꼈기에 언급한 것이었다.

그런 메이링의 의도가 통했는지 시평안과 장시안은 처음 접하는 요리를 보면서 눈을 반짝였다.

그렇지 않아도 오는 동안 리자준에게 식당의 동업자 중 한 명이 한류 스타 수현이라는 이야기를 들었을 때, 수현이 한 요리를 먹어볼 수 있는가 문의를 했었다.

그런데 직접 만든 것은 아니지만 수현이 개발한 레시피로 만든 요리라는 설명에 관심을 보인 것이다.

시평안과 장시안 부부가 요리의 맛을 음미하고 있을 때, 이 두 사람을 초대한 리자준은 조심스럽게 메이링에게 다가가 귓속말을 하였다.

"메이링, 혹시 수현 씨에게 저 두 사람을 위해 특별 요리를 해줄 수 있는지 물어봐 주겠니?"

메이링은 황찬의 특별 요리 중 하나인 삼계탕을 시식하고 있는 두 사람을 지켜보다 갑자기 들린 아버지의 목소리에 깜짝 놀랐다.

"그게 무슨 말씀이세요?"

"그게 어떻게 된 일인가 하면……."

리자준은 딸인 메이링에게 차를 타고 오면서 이야기하던 중 황찬에 대한 이야기도 하게 되었는데, 그중 한류 스타인 수현이 동업자 중 한 명이라는 말에 두 사람이 부탁을 해왔다는 이야기를 들려주었다.

그러면서 오늘이 시평안과 장시안 부부의 결혼기념일이란 것도 언급을 하였다.

결혼기념일이란 아버지의 말에 메이링도 눈을 반짝이며 삼계탕을 시식하고 있는 두 사람을 다시 한 번 쳐다보았다.

"알겠어요. 한 번 부탁해 볼게요. 하지만 기대는 하지 마세요."

수현이 직접 요리를 해준다면 사업이 성공할 수 있다는 확신은 있지만, 그렇다고 수현에게 그것을 강요할 수는 없었다.

"오! 이거 인삼의 향과 닭의 육질이 제대로 살아 있어."

"그러게요. 마치 입안에서도 닭이 살아 있는 듯한 맛이에요."

시평안과 장시안 부부는 앞에 놓인 특제 삼계탕을 한 입 먹어본 뒤 감탄을 하며 음식의 평하였다.

"맛도 맛이지만 원기 회복과 피로 회복을 위해 특별 엄선된 한약재와 고려 인삼을 넣었습니다. 그리고 세계에서 제일 뛰어난 사천 밤과 과일을 이용해 한약재의 쓴맛과 향을 잡았지요."

메이링은 방금 시평안과 장시안이 시식을 한 음식에 대한 설명을 들려주었다.

"어쩐지, 머리가 맑아지고 힘이 나는 것 같더라니……."

시평안은 고개를 끄덕이며 중얼거렸다.

"국물도 한약재가 들어갔다는 것이 믿기지 않을 정도로 담백해요."

장시안은 건강을 생각하면서도 한약 특유의 향내를 그리 좋아하지 않았다.

그 때문에 한약을 이용한 요리도 먹지 않았는데, 방금 먹은 삼계탕은 전혀 한약재 특유의 냄새가 나지 않아 먹기 편했다.

그래서 그런지 건더기는 물론이고, 국물을 먹는데도 거부감이 없었다.

"입에 맞으신다니 감사합니다. 잠시 밖에 볼일이 있어 나가보겠습니다. 많이 드십시오."

메이링은 특별 삼계탕의 시식평을 듣고는 얼른 인사를 하고 밖으로 나갔다.

방금 전 받은 아버지의 부탁을 수현에게 이야기해 보려는 것이다.

시펑안과 장시안은 특제 삼계탕에 빠져서는 그런 메이링의 움직임은 일별도 하지 않고 다시 한 번 삼계탕을 개인 접시에 덜어 맛보기 바빴다.

VVIP 손님이 있는 특실을 나온 메이링은 빠른 걸음으로 지배인실에서 쉬고 있는 수현을 찾아갔다.

수현은 VVIP 손님인 시펀안과 장시안, 그리고 리자준

이 특실로 들어가자 바로 지배인실로 들어와 쉬고 있었다.

그곳에서는 양시시도 수현과 함께 VVIP 손님의 평이 어떠했는지 결과를 기다리고 있었다.

덜컹.

"어서 와."

문이 열리고 메이링이 안으로 들어오자 이를 확인한 양시시가 그녀를 반겼다.

하지만 메이링은 자신을 보며 반기는 양시시는 일별도 하지 않고 수현에게 다가가 말을 걸었다.

"오빠, 죄송한데, 부탁 하나만 들어주세요."

느닷없이 부탁을 들어달라는 메이링의 말에 수현은 고개를 갸웃거렸다.

"무슨 일인데?"

"다름이 아니라, 오늘이 시평안 아저씨하고 장시안 아주머니의 결혼기념일이라네요."

"오, 그래? 축하할 일이네."

수현은 오늘 온 VVIP 손님 부부의 결혼기념일이라는 말에 고개를 끄덕이며 축하의 말을 하였다.

그런 수현의 모습에 메이링은 작게 안도를 하며 조금 전 아버지에게 들었던 이야기를 들려주었다.

"장시안 아주머니가 오빠의 팬인데, 오빠가 이곳의 사장이란 사실을 알고 부탁을 했었나 봐요."

이야기를 하면서도 계속해서 눈치를 보던 메이링은 수현이 거부하는 듯한 모습이 보이지 않자 단도직입적으로 부탁을 하였다.

"두 분을 위해서 오빠가 요리를 해주면 안 되겠어요?"

메이링은 마지막 말을 하면서 심장이 벌렁거렸다.

아무리 친한 사이고 또 사업을 같이한다고 하지만 수현은 요리사가 아니라 배우이고 가수였다.

더욱이 말 그대로 동업자다. 그런데 이런 부탁을 한다는 것은 어떻게 보면 수현의 입장에선 무례로 비춰질 수도 있었다.

만약 수현이 방금 전에 자신이 한 말을 고깝게 느꼈다면 지금까지의 관계가 틀어질 수도 있는 일이기에 메이링은 무척이나 조심스럽게 수현의 대답을 기다렸다.

"음……."

수현은 메이링의 이야기에 잠시 생각에 잠겼다.

그런 두 사람의 모습을 양시시는 곁에서 조용히 지켜보았다.

"알았다. 그런데 어떤 것을 해야 할지 모르겠네."

수현은 메이링도 이런 말을 꺼내기 어려웠을 것이니 처음으로 한 부탁을 거절할 수 없어 들어주기로 하였다.

하지만 아무 음식이나 만들 수는 없기에 물어보는 것이다.

스타라이프

"어차피 지금 나간 것들과 맞춰야 하니 마지막으로 나갈 후식을 하는 것이 무난할 것 같아요."

메이링은 혹시나 수현의 마음이 바뀔까 봐 얼른 대답했다.

그리고 메이링의 대답을 들은 수현도 그게 가장 무난할 것 같았다.

사실 황찬에서 나오는 요리들은 수현이 엄선해 선정한 것들이다.

그게 무슨 말인가 하면 식약일체라는 말이 있다.

약과 음식은 하나라는 말이고, 다르게 뜻을 풀이하면 음식으로 고치지 못하는 것은 약으로도 고치지 못한다는 말과 같았다.

수현은 그 말에 동감하며 음식을 만드는 재료의 선정과 궁합을 연구하였다.

사실 이런 연구를 한 것은 별다른 것이 없었다.

자신이 만드는 음식을 부모님이나 가까운 지인들이 먹을 것이니 조금 더 건강한 음식을 대접하고 싶어 공부를 하다 보니 여기까지 오게 된 것이다.

그러니 비록 동업을 한다고는 하지만 요리 선정에 관해선 자신이 관여를 했으니 당연 자신이 알고 있는 모든 것을 쏟아 넣었다.

그렇게 나온 것이 황찬의 요리들이다.

단품으로 나가는 음식도 균형이 잘 맞는 최고의 음식이지만 수현은 그것에 그치지 않고 음식들 간의 궁합도 생각해 코스 요리를 선정하고, 또 단품 요리로 주문을 할 때 혹시나 궁합이 맞지 않는 요리들을 주문하게 되면 이를 손님들에게 알려 건강한 요리를 먹을 수 있게 하도록 직원들을 교육시켰다.

　그렇기 때문에 수현이 한국에서 준비하던 식당의 오픈 준비가 그렇게 길었던 것이다.

　만들 요리가 정해지자 수현은 바로 자리에서 일어나 주방으로 향했다.

　일단 옷을 갈아입어야 했기에 주방 옆에 붙어 있는 탈의실로 들어가 옷을 갈아입었다.

　이미 그곳에는 여벌의 조리복이 걸려 있어 금방 갈아입고 주방으로 들어갈 수 있었다.

　똑. 똑. 똑.

　스르륵.

　메이링은 노크를 하고 조용히 문을 열었다.

　"오늘 코스 요리의 마지막인 후식을 가져왔습니다."

　메이링은 말을 하면서 뭔가 의미심장하게 미소를 지어 보였다.

　"오, 그래요. 오늘 정말 황제가 부럽지 않을 천상의 요리를 먹어본 것 같아요. 마지막이란 것이 아쉽지만 후식도 기대가 되네요."

맛있는 음식을 먹어서 그런지 장시안의 말투가 처음보다도 더욱 부드러워져 있었다.

"기대에 어긋나지 않을 것이에요."

장시안의 기대에 찬 목소리에 메이링도 믿는 바가 있어 자신 있게 답하였다.

그러고는 살짝 문을 막고 있던 몸을 옆으로 비켜섰다.

그러자 하얀 위생모와 요리사 복장을 한 수현이 음식 트레이를 밀고 안으로 들어왔다.

"어머."

"어?"

"오늘이 두 분의 결혼기념일이란 이야기를 듣고 수현 씨가 직접 후식을 준비했습니다. 맛있게 드셔주세요."

수현이 요리사 복장을 하고 음식 트레이를 밀고 들어오는 모습에 놀라 감탄성을 지르는 시평안과 장시안 부부의 모습에 메이링은 어떻게 된 일인지 설명을 해주었다.

그런 메이링의 설명에 시평안은 물론이고, 장시안 또한 기쁨을 감추지 못했다.

아까도 이야기를 했지만 두 사람은 수현의 팬이다.

특히 부인인 장시안은 그에 열광하는 젊은 여성팬 못지않게 수현에게 빠져 있었다.

그런데 자신이 좋아하는 스타가 직접 요리한 음식을 대접 받는다는 생각에 감동을 하였다.

"여보, 잠깐만."

막 후식에 수저를 가져가려는 시평안을 막는 장시안이었다.

"왜? 당신도 어서 먹어야지?"

무엇 때문에 시식하려는 것을 막는 것인지 몰라 시평안은 의아한 표정으로 물었다.

"어떻게 이것을 그냥 먹을 수 있어요. 증거를 남겨서 리링에게 자랑을 해야죠."

장시안은 딸 시리링을 언급했다.

이에 시평안은 뭔가를 깨달았다는 듯 눈을 동그랗게 뜨며 입가에 짓궂은 미소를 지었다.

그의 딸 또한 수현의 팬이란 것을 알고 있는 시평안은 언젠가 딸 리링이 자신들 몰래 한국에 가서 수현과 로열 가드의 사인을 받아 왔던 일을 기억해 냈다.

"좋아."

"수현 씨, 죄송한데 함께 사진을 찍어주실 수 있나요?"

중국의 권력 순위 16위의 시평안을 남편으로 둔 장시안이지만 수현에게 조심스럽게 부탁을 하였다.

"물론이죠. 메이링이 대신 사진 좀 찍어주겠어?"

수현은 장시안의 부탁에 대답을 하고는 다시 옆에 서 있는 메이링에게 부탁을 하였다.

"알겠어요."

메이링이 대답을 하기 무섭게 수현은 시평안 부부의 곁으로 다가가 뒤쪽에 섰다.

"그러지 말고 좀 앞으로 나와서 나란히 서봐요."

수현이 시평안 부부의 뒤에 서는 바람에 모습이 가려지자 메이링이 위치 변경을 요구했다.

이에 시평안 부부가 밝게 웃으며 살짝 틈을 벌려주자 그 가운데에 수현이 섰다.

"찍습니다. 하나, 둘, 셋."

찰칵. 찰칵.

메이링은 연속으로 사진을 몇 장 더 찍었다.

혹시나 잘못 나오는 것이 있을 수 있기에 여러 장을 찍어 그중 가장 잘 나온 사진을 고르기 위해서다.

"어디 좀 보여줘 봐요."

장시안은 사진이 찍히기 무섭게 메이링에게 달려갔다.

그 모습은 메이링 또래의 딸을 둔 어머니의 모습이 아닌 마치 스타에 열광하는 또래의 젊은 아가씨와 같은 모습이었다.

Chapter 6
메이링의 욕심

장시안은 수현과 함께 찍은 사진을 딸인 시리링에게 보냈고, 사진에 첨부한 메시지로 수현이 직접 요리한 음식을 시식했다는 것 또한 알렸다.

　그러자 딸에게서 온 반응은 생각 이상으로 뜨거웠다.

　원래 오늘 초대에 딸도 함께 오려고 했지만 오랜만에 수도에 온 거라 친구들과 놀러 가겠다며 오지 않았었다.

　텐진이 중국 3대 발전된 도시라고는 하지만 젊은 시리링이 놀기에는 북경이나 상해가 더 좋았다.

　실제로 시리링은 친구들과 상해로 여행을 갔다.

　그것이 못내 서운했던 장시안이 자신들을 버리고 친구들

과 놀러 간 것에 작은 복수를 하였고, 그것이 성공을 한 것이다.

한류 스타 정수현이 직접 만든 요리는 사실 딸 시리링이 언제간 자신도 먹어보고 싶다고 노래를 부른 적이 있었다.

로열 가드와 수현에게 빠져 있는 시리링은 지금까지 로열 가드가 나오는 음악 프로그램이나 예능은 하나도 빼놓지 않고 모두 시청을 하였다.

그러니 당연히 로열 가드의 리더인 수현이 나오는 프로그램도 보았고 재작년 수현이 출연한 '김정만의 정글 라이프'도 시청을 하였다.

그때, 시리링은 수현이 정글에서 야생 닭을 잡아 닭백숙을 하고, 그것을 부족원들이 맛나게 먹는 모습을 보았다.

이때, 장시안도 함께 그 장면을 보았기에 옆에서 딸이 하는 얘기를 모두 들었다.

사실 그때 장시안도 딸과 같은 생각에 입맛을 다시기도 했었다.

그런데 자신은 오늘 텐진 시장인 리자준의 초대를 받아 소원을 이루었다.

하지만 딸 시리링은 초대를 뒤로하고 친구들과 상해로 놀러 가는 바람에 기회를 놓쳐 버렸으니 흥분하는 것은 당연했다.

실제로 포토 메일을 보내기 무섭게 시리링이 바로 영상통화를 걸어오는 걸 보면 얼마나 흥분했는지 잘 알 수 있었다.

처음에는 믿으려 하지 않던 시시링이지만, 옆에 수현이 있는 모습을 직접 보여주자 창피한 것도 잊고 그 자리에서 대성통곡을 하는 모습을 보였다.

이 때문에 잠시 수현이 난감해하기는 했지만 어찌 되었든 부모를 버리고 간 딸에 대한 장시안의 복수는 성공을 하였다.

부인의 장난스러운 모습과 영상통화로 딸의 생각지 못했던 모습을 보게 된 시평안도 기분이 좋은지 연신 너털웃음을 터뜨렸다.

이런 VVIP의 모습에 이를 지켜보고 있던 리자준이나 메이링은 오늘 초대와 시식회가 대성공이란 생각을 하였다.

＊　　　＊　　　＊

"대성공이야!"

메이링은 자신의 아버지와 VVIP 손님이었던 시평안 부부를 배웅하고 들어서자마자 소리쳤다.

수현이 음식을 대접하고 간단한 서비스를 한 뒤 특실을 나간 뒤에도 시평안 부부와 리자준 텐진 시장은 이야기를 하느라 남아 있었다.

그 자리에 메이링도 함께 있었는데, 중요한 이야기가 끝나고 메이링은 시평안 부부에게 황찬의 요리에 대한 음식평을 부탁했다.

어떻게 보면 무례할 수도 있는 질문이었지만 오늘 기분이 좋았던 시평안 부부는 흔쾌히 메이링에게 평을 해주었다.

지금까지 살아오면서 많은 음식을 먹어보았지만, 오늘 먹었던 음식들은 손에 꼽을 정도로 맛이 좋았다고 말이다.

그리고 마지막에는 성도(청두)에도 황찬이 들어왔으면 좋겠다는 제안을 하였다.

말이 제안이지, 시평안 정도의 권력자가 하는 말은 명령과도 같은 말이었다.

그리고 그건 메이링의 입장에서 나쁠 것이 없는 명령이기도 했다.

어차피 메이링이나 동업을 하는 친구들이 돈이 없어 식당을 세 개만 오픈하는 것이 아니기 때문이다.

그렇기에 배웅을 하고 돌아와 이렇게 환호성을 지르는 것이기도 했다.

"무슨 일인데 그래?"

지배인실로 들어오자마자 갑자기 큰 소리로 환호를 하는 메이링의 모습에 양시시가 물었다.

VVIP 손님들이 갈 때 양시시와 수현도 함께 배웅을 하기는 했지만 자세한 이야기는 듣지 못했기 때문에 무슨 이유로 메이링이 환호를 하는 것인지 알지 못했다.

"응, 시평안 성장님이 성도에도 황찬을 오픈하래."

"뭐? 그게 정말이야?"

양시시는 메이링의 이야기를 듣고 도저히 믿을 수 없다는 표정으로 물었다.

한국에서야 가게를 오픈하는 것이 무슨 대단한 일인가 하겠지만 중국에서는 가게 하나를 오픈하는 것도 여간 힘든 것이 아니었다.

각종 규제와 얽히고설킨 이해관계 때문에 무척이나 힘들었다.

어떻게 어떻게 권력자와 관계를 맺고 허가를 받더라도 또 각종 뇌물을 요구하는 공원들 때문에 시간이 걸린다.

뭐, 메이링의 집안 정도라면 그런 일은 겪지 않겠지만 어찌 되었든 사천성의 최고 권력자가 한 말이니 그런 복잡한 과정은 생략할 수 있을 것이다.

"시작부터 잘 풀리는 것 같다."

"그러게. 오빠, 잘된 것 같죠?"

양시시는 도저히 방금 메이링에게서 들은 말이 믿기지 않아 이번에는 수현을 돌아보며 물었다.

하지만 수현은 양시시나 메이링이 이렇게까지 좋아하는 이유를 아직까지 알 수가 없었다. 이곳의 실정에 대해 잘 알지 못하기 때문이다.

"그게 그렇게 기뻐할 일인가?"

의문 가득한 표정으로 물어보는 수현의 질문에 메이링과 양시시는 조금 전 시평안이 성도에 황찬을 오픈하라고 한 것보다 더 놀란 표정을 지었다.

하지만 그것도 잠시, 수현이 중국인이 아닌 외국인이란 것을 깨닫고는 고개를 끄덕일 수밖에 없었다.

"아, 오빠는 외국인이었지. 중국어가 너무 자연스러워서 착각을 한다니까."

양시시는 수현이 한국인이라는 것을 종종 잊어버렸다.

너무도 자연스러운 중국어 때문이다.

지금도 자신이 무엇을 착각했는지 이제야 깨닫고 이해를 하였다.

아무것도 모르는 수현에게 메이링은 차분히 조금 전 일이 어떤 상황인지 설명을 해주었다.

메이링의 설명을 들은 수현은 현재 자신이 중국에서 활동을 하고는 있지만 아직도 중국에 대해 모르는 것이 많다는 것을 깨닫게 되었다.

*　　　*　　　*

텐진 TV에서 야심차게 준비한 퓨전사극 드라마인 대금위는 텐진은 물론이고, 북경이 포함 하북성, 산동성, 산서

성, 강소성, 하남성, 사천성, 요녕성 등 일곱 개의 성에서 방영이 되고 있으며, 다른 성에서 주재하는 방송국과 방송 송출 계약을 타진 중이었다.

대금위의 이런 인기는 드라마가 잘 만들어진 이유도 있지만 가장 큰 이유는 다름 아닌 한류 스타의 출연이었다.

현재 중국에서 가장 인기 있는 한류 스타는 많은 연예인이 있지만 그중에 꼽으라면 단연 아이돌이었다.

그리고 이들 아이돌 그룹 중에서도 가장 인기가 있는 그룹은 바로 수현이 리더로 있는 로열 가드였다.

수현이 이렇게 중국에서 인기가 높은 것은 다른 것이 없었다.

수현이 중국어를 다른 외국의 스타들보다 잘하기 때문이다.

맡은 배역에서 현지인 같은 중국어 실력을 뽐낸 것이 중국인들에게 알려지면서 이전에는 그저 로열 가드의 팬들만 좋아하는 스타였으나 이제는 한국 드라마를 좋아하는 중국인들까지 사로잡아 버렸다.

그렇게 로열 가드와 수현에 대해 알게 된 팬들은 로열 가드와 수현의 선행에 대해서도 차츰 알게 되면서 그 인기가 상상을 초월할 정도로 높아졌다.

그 때문에 로열 가드를 초청하는 비용도 다른 한류 스타보다 높았고, 특히나 수현의 경우에는 웬만한 한류 스타의 두 배에 가까운 출연료를 지불하고 초청을 할 정도였다.

그런 수현이 대금위에 주연으로 출연하고 있는 것은 물론이고, 제2의 최유진이라 불리다 이제는 여제라 불리는 최수지까지 대금위에 출연을 하고 있었다.

그러니 당연히 대금위의 인기는 높아질 수밖에 없었고, 한국에까지 수출을 하게 되었다.

텐진 TV에서는 한국의 방송국에서 드라마 수출 계약 의사를 타진해 오자 깜짝 놀랐다.

대체로 한국의 드라마를 중국이 수입했었는데, 역으로 한국에서 자신들이 만든 드라마를 수입하겠다고 먼저 제의를 해왔기 때문이다.

그런데 이런 제의가 나온 것에는 다 이유가 있었다.

그 이유는 바로 정수현이었다. 한국은 현재 수현을 포함한 로열 가드가 활동을 전혀 하고 있지 않았다.

작년에 있었던 수현의 스캔들 사건 이후로 킹덤 엔터에서는 로열 가드의 활동은 물론이고, 수현의 국내 활동 또한 전혀 기획하지 않았다.

잘못도 없는데 국세청과 언론의 압력이 들어오자 오히려 국내 활동보다 해외 활동에 치중하기로 한 것이다.

그러다 보니 국내 팬들 입장에선 로열 가드나 수현의 활동에 대한 어떤 정보도 들을 수 없었다.

처음에야 그런 킹덤 엔터나 로열 가드의 행동에 많은 사람들이 팬을 우롱하는 행동이라며 킹덤 엔터 사옥 앞에서 시위를 하기도 했지만, 킹덤 엔터의 이재명 사장은 그런 것에 눈 하나 깜박이지 않고 자신들이 그렇게 하는 이유에 대해 사실대로 밝혔다.

그러자 팬들은 킹덤 엔터가 무엇 때문에 캐시카우인 로열 가드를 외국으로 돌리는 것인지 이해하게 되었고, 여론이 서서히 킹덤 엔터와 로열 가드, 그리고 수현에게 유리하게 돌아가기 시작했다.

그러면서 팬들은 현재 수현이 출연하고 있는 중국 드라마라도 보고 싶다는 열망에 방송국에 테러를 하였다.

게시판에 주기적으로 댓글을 달며 수현의 소식을 전해 달라는 요청을 하거나 중국에서 수현이 출연 중인 드라마를 수입하라는 압력을 행사하기에 이르렀다.

그러다 보니 방송국 측에서도 시청자들의 요구를 마냥 무시할 수는 없었다.

사실 이들도 로열 가드나 정수현이 돈이 된다는 사실을 잘 알고 있었기 때문이다.

하지만 여당의 눈치를 보지 않을 수도 없었다.

그래서 차일피일 미루고 있었는데, 로열 가드와 정수현이 국내 활동을 중단한 지 반년이 넘어가면서 참아오던 팬들의 인내심도 바닥이 나고 말았다.

킹덤 엔터 앞에서 시위를 하던 로열 가드와 수현의 팬들이 이제는 방송국과 국회 앞으로 몰려가 시위를 하기에 이르렀다.

그도 그럴 것이, 방송국에서 시위하는 팬들에게 자신들도 위에서 내려오는 지시 때문에 어쩔 수 없이 로열 가드의 출연을 막고 있었다고 흘렸기 때문이다.

그제야 정치인들도 사태가 커지기 전에 살그머니 압력을 가하던 것을 풀었다. 정치인들의 압력이 없으니 여론 또한 골치 아프게 더는 정치권 눈치를 볼 필요가 없었다.

그렇게 여론도, 팬들의 마음도 로열 가드와 수현의 국내 활동을 촉구하고, 또 수현이 그동안 어떤 활동을 하고 있었는지 알고 싶은 팬들의 요청으로 수현이 주연으로 참여하는 중국 드라마에도 관심을 보였다.

그러니 방송국에서는 이런 시청자들의 요구를 들어주지 않을 수 없었다.

시청자의 요구라는 카드로 혹시나 있을 정치권의 압력을 비켜가며 자신들도 궁금해하던 수현이 출연한 중국 드라마를 수입하려고 협상을 벌이는 중이다.

그리고 수현도 이러한 내용을 총괄 매니저인 전창걸을 통해 전해 들었다. 그것은 수현을 마크하는 매니저인 용근 또한 마찬가지였다.

"형."

"왜?"

"그럼 다시 한국에서 활동을 하는 것이에요?"

용근은 쉬면서 대본을 읽고 있는 수현에게 물었다.

"언젠가는 그렇게 하겠지만 아직은 시기상조일 것이다. 그러니 너무 기대하지 마."

혹시나 용근이 향수병 때문에 그러는 것인가 걱정이 되어 수현은 자신의 생각을 들려주었다.

"그래요."

시기상조란 말에 용근은 수현의 우려처럼 목소리가 잦아 들었다.

그도 그럴 것이, 중국에 온 지 벌써 4개월이다.

로열 가드와 수현이 국내 활동을 하지 않고 해외 활동만 한 것으로 따지면 로열 가드의 매니저인 용근이 한국에 들어간 것은 4개월 동안 단 세 번뿐이었다.

그것도 하루나 이틀 정도 머물다 수현의 드라마 때문에 금방 중국으로 왔다.

수현의 매니저이다 보니 그가 가는 곳이면 어디든 따라가야 한다.

그렇지만 톱스타인 수현과 매니저인 자신은 그 지위가 달랐다.

물론 호가호위하듯 톱스타 정수현의 매니저이기에 어디를 가든 대우받았다.

그런데 그런 대우가 마냥 좋은 것만은 아니다.

말이라도 통한다면 어떻게 하든 스트레스를 풀 텐데, 말이 통하지 않다 보니 뭐든 혼자 삭여야만 했다.

괜히 기분 내키는 대로 했다가는 수현에게 피해가 가기 때문이다.

그러니 어떤 일이 있어도 혼자 삭이다 보니 그게 과해 향수병에 걸리고 만 것이다.

"촬영도 막바지라 나 혼자서도 다닐 수 있으니 며칠 집에 다녀와도 된다. 아니, 다녀와라."

수현은 용근의 상태가 어떤지 충분히 깨닫고 있었다.

자신이야 높은 정신력으로 참아낼 수 있지만 보통 사람인 용근은 그러지 못할 것이 분명했다.

더욱이 자신은 생각한 것이 있어 능동적으로 대처가 가능하다지만 용근은 자신의 매니저로서 움직이다 보니 언제나 수동적일 수밖에 없었다.

어떻게 대처해야 할지 감을 잡을 수 없어 더욱 힘든 시기였다.

군대라도 다녀왔다면 이런 상황에서 어떻게 대처를 해야 할지 어느 정도 알 수 있을 것이지만, 용근은 학창 시절 사고를 치는 바람에 군대도 들어가지 못했다.

군대에 갔다 오지 못한 사람들은 군대를 그저 막연하게 한국인이니 당연히 다녀와야 하는 곳이라 생각하고, 또 일부는 사람 죽이는 기술을 배우는 곳이란 색안경을 쓰고 보지만, 사실 군대는 인간관계를 경험할 수 있는 또 다른 사회다.

일반적으로 자유가 주어지는 사회와 다르게 계급과 규율, 명령 등 특수한 상황을 경험할 수 있는 곳이 바로 군대다.

이런 군대에서 2년간 생활하다 나오게 되면 겉으로는 표시가 나지 않지만 정신적으로는 성숙해진다.

그리고 그것을 어른들은 군대를 다녀와야 사람이 된다는 말로 에둘러 표현을 한다.

물론 어디에나 예외란 것이 있기는 하지만 대체적으로 그러하다.

그런데 용근은 그런 경험을 해보지 못했기에 말도 통하지 않는 외국에서 장기간 체류를 하다 보니 문제가 발생한 것이다.

비록 외국에 나오기 전 킹덤 엔터에서 외국어 공부를 시켰다고는 하지만, 최종 학력이 고교 중퇴인 용근은 장시간 외국 활동을 위해 예전부터 외국어를 준비한 로열 가드 멤버나 시스템의 도움으로 보통 사람과는 비교가 되지 않는 능력을 가진 수현처럼 중국어를 잘할 수는 없었다.

그렇다고 용근이 만나는 중국인들이 그런 용근을 배려해 천천히 이야기한다거나 설명을 해주는 경우는 드물었다.

그러다 보니 용근은 혼자 고립이 될 수밖에 없었다.

그렇다고 자신이 케어를 해줘야 할 수현에게 도움을 받을 수도 없는 일 아닌가? 그러다 보니 이래저래 용근은 스트레스가 잔뜩 쌓인 상태다.

"그래도 어떻게 그래요."

"너 힘든 것 잘 알고 있다. 사장님이나 전 부장님도 너 고생하는 것 다 알고 계시고, 촬영 끝나고 한국에 돌아가게 되면 그동안 고생한 것 보상해 준다고 하셨다."

이런저런 얘기들을 늘어놓으며 불안해하는 용근을 달래는 수현이었다.

그리고 그 말은 전혀 근거가 없는 이야기도 아니었다.

다른 로열 가드의 매니저들과 따로 떨어져 홀로 수현을 수행하는 용근에게 이재명 사장은 그동안 고생을 한 보상을 하겠다고 약속했었다.

"오늘 촬영이 끝나면 며칠 여유 있으니 내일 당장 다녀와."

"정말 그래도 돼요?"

용근은 조심스럽게 물었다.

현재 그의 머릿속에서는 두 가지 마음이 충돌하고 있었다.

매니저이니 스타인 수현의 곁에 남아 있어야 한다는 마음과 이렇게 말을 하니 며칠 다녀와도 되지 않겠냐 하는 마음이 엎치락뒤치락하는 것이다.

하지만 워낙 힘들었던데다 수현의 말도 있고 하자, 한국에 갔다 오는 것이 좋겠다는 생각이 점차 우세를 점해왔다.

"그래, 난 당분간 황찬에 가 있을 거니까 며칠 쉬다 와."

자신의 말에 기쁘면서도 감정을 감추려고 애쓰는 용근의 모습에 수현은 피식 실소를 하며 마음을 굳힐 수 있게 한 번 더 권하였다.

"네, 형. 고마워요."

"그렇다고 너무 풀어지지 말고. 그러다 사고 난다."

수현은 자신의 말에 고맙다고 인사하는 용근에게 만약을 위해 주의 주는 것을 잊지 않았다.

사람이 긴장을 하면 사고가 날 확률이 줄어든다.

하지만 긴장을 하다 풀리는 순간 일어나는 방심으로 사고가 나는 것이다.

＊　　　＊　　　＊

다다다닥.

화르르륵.

치치치.

리듬감 있는 도마질 소리가 들리고 화덕에서는 뜨거운 불길이 활활 타오르고 있었다.

그리고 그 화덕 위에 올려진 냄비에서는 음식이 끓으면서 올라오는 수증기 소리가 울렸다.

이 모든 것이 황찬의 주방에서 나는 소리였다.

"이렇게 냄비에서 음식이 끓기 시작하면 불의 세기를 줄여 약불에서 5분간 더 끓이면 완성이 됩니다."

하얀 조리복을 입은 수현이 주방 맨 앞에서 요리하는 과정을 시범해 보였다.

연예인인 그가 조리복을 입고 요리하는 모습이 이상하게 생각될 수도 있지만 이것 또한 수현의 일이었다.

메이링과 양시시, 그리고 진샤오린과 함께 동업으로 황찬이란 식당을 오픈하면서 수현이 맡은 역할이 바로 이것이었다.

수현은 동업을 하면서 자본 투자는 전혀 하지 않았다.

원래는 그도 다른 사람들처럼 자본 투자를 하려고 하였지만 다른 세 사람이 이를 받아들이지 않았다.

다만, 사업이 확장될 때 수현이 늘어나는 식당에 들어갈 요리사들을 직접 가르친다는 조건이 붙었다.

이는 전부 마케팅을 위해 그러한 것인데, 한류 스타인 수현이 요리도 잘하고 또 자신의 능력을 바탕으로 한국에서 음식점 체인을 운영하려 했다는 것은 많은 중국인들이 알고 있었다.

메이링은 이러한 수현의 능력과 배경을 적극 사업 홍보에 이용하였다.

물론 수현의 본업은 현재 연예인이다.

가수이고 또 연기자이기도 했기에 본업에 충실해야 하지만 현재 수현의 스케줄은 그리 많지 않았다.

드라마 촬영 때문에 중국에 몇 달째 머물고 있는 관계로 중국에 송출되는 광고 몇 편 촬영한 것 이외에는 아무런 스케줄이 없는 상태다.

그렇기 때문에 다른 로열 가드 멤버들보다 많은 시간적 여유가 있어 메이링이 들고 나온 조건을 수락했다.

물론 수현도 일이 바빠지면 직접 요리사들에게 비법을 가르칠 시간이 없다는 것을 사전에 주지시켰다.

어차피 요리야 레시피를 따라 하면 되는 것이고, 그것은 기존에 있는 요리사들이 가르쳐도 되는 문제다.

다만, 톱스타 정수현이 자신이 연구한 레시피를 직접 가르쳐 주었다는 프리미엄 때문에 나온 계약 조건일 뿐이다.

지금 하는 시범도 그 계약의 연장선상이었다. 그러나 단지 계약 때문에 나와 있는 것은 아니었다. 수현도 요리하는 것이 좋았기에 이렇듯 쉬는 날 나와 요리사들을 가르치는 중이다.

이러한 이유 때문인지, 아니면 정말로 톱스타 정수현에게 요리를 배운다는 것이 즐거워 그런 것인지는 배우는 본인만이 알 일이지만, 현재 수현으로부터 요리 강습을 받고 있는 요리사들의 눈은 초롱초롱 반짝였다.

이들은 모두 황찬에 근무하게 된 요리사들인데, 하나같이 메이링과 양시시 등이 엄선해 모집을 한 젊은 요리사들이다.

"자, 시간이 다 되었으면 불을 끄고 큰 그릇에 담습니다."

수현은 화덕의 불을 끄고 그 위에 올려져 있던 냄비를 들어 내용물을 한쪽에 가져다 둔 스테인리스 그릇에 부었다.

"이때 주의할 것은, 그릇은 최소 들어가는 음식의 양보다 다섯 배 이상 큰 용량으로 준비하십시오."

수현은 설명을 하면서 주의해야 할 점도 간략하게 설명을 하였다.

달그락. 달그락.

스테인리스 그릇에 담긴 요리는 맑은 색상을 가진 투명한 액체였다.

그것을 얼음이 담긴 더욱 큰 그릇에 넣고 나무 주걱으로 젓기 시작했다.

"그릇을 얼음이 담긴 통에 1/3 정도 묻고 주걱으로 천천히 저으면서 식혀주세요."

초보 요리사들에게 강습하는 것처럼 수현은 아주 세세한 것까지 자세히 가르쳐 주었다.

"적당히 식었다 판단이 되시면 그릇을 얼음에서 꺼내 내용물을 준비된 틀에 부어주세요."

현재 수현은 우뭇가사리를 이용한 디저트를 만들고 있

스타일라이프

었다.

우뭇가사리로는 잼이나 젤리 같은 디저트를 만들 수 있는데, 서양에서 젤리를 만들 때 사용하는 동물성 기름인 젤라틴과 달리 수용성인데다 식이섬유가 많아 다이어트에도 좋아 수현은 젤라틴을 사용하기보단 우뭇가사리로 만든 한천을 사용했다.

"이렇게 하면 기본은 끝난 것입니다. 여기에 준비된 과일즙을 이용해 색상을 입히거나 실력이 되시면 그림을 그려넣어도 좋습니다."

수현은 적당히 굳은 우무에 준비된 여러 색상의 과즙을 이용해 그림을 그리기 시작했다.

사실 우무에 색을 입히는 것이나 그림을 그리는 것은 과즙을 이용하는 것보단 식용색소를 이용하는 것이 편한 일이다.

하지만 수현은 음식을 먹는 사람의 건강을 위해서 식용색소를 사용하지 않고 천연 재료인 과즙이나 먹어도 되는 식용 꽃잎을 이용해 우무에 그림을 그리는 것이다.

그렇게 수현의 손길에 따라 우무가 들어간 틀은 어느새 도화지가 되어 한 폭의 그림이 그려지기 시작했다.

얼마나 시간이 흘렀을까? 투명했던 우무에는 연꽃이 화려하게 피어나 있었다.

"와!"

수현이 만든 디저트를 본 요리사들은 절로 감탄사를 터뜨렸다.

황찬에는 요리의 가짓수도 많지만 디저트류도 종류가 많았다.

그도 그럴 것이, 황찬이 표방하는 것이 바로 황제가 먹는 음식이었다.

중국에는 황제의 음식이라 불리는 '만한전석' 이란 특별한 요리가 있다. 만한전석은 옛 청나라 시절 한족과 만주족의 진귀한 요리가 다 모인 고급 코스 요리이다.

그런데 수현은 이에 더 나아가 자신이 알고 있는 모든 요리 중에서 엄선하여 중식은 물론이고, 한식과 양식, 그리고 일식과 야생에서 만들어 먹을 수 있는 서바이벌 요리까지 총망라하여 레시피로 정리하여 내놓았다.

그러다 보니 요리는 물론이고, 디저트까지 그 가짓수만도 1년 열두 달 매일 다른 음식을 먹을 수 있을 정도로 많았다.

그 때문에 사실 황찬에 있는 주방장들도 모든 음식을 다 만들 수 있는 것은 아니었다.

그저 주특기처럼 주력으로 만들 수 있는 요리 몇 가지가 있을 뿐, 나머지는 레시피를 보며 주문이 들어오는 요리를 만들 뿐이었다.

그래서 이렇게 수현이 직접 강습을 하는 날이면 많은 요리사들이 몰려들었다.

그렇다고 수현이 그 많은 요리사들에게 한꺼번에 강습을 하는 것은 아니었다.

그도 그럴 것이, 중구난방으로 모두 수용을 하게 되면 너무도 복잡해지기 때문이다.

그래서 일단 각 지점을 총괄할 수석 주방장들과 조리장들 위주로 강습을 하였다.

그래야 그들이 배워 그 밑에 있는 보조 요리사들에게 가르칠 수 있기 때문이다.

그리고 오늘은 디저트를 만드는 요리사들이 강습을 받는 날이라 다른 때보단 요리를 배우러 온 요리사들의 숫자가 적은 편이었다.

띠리링.

디저트를 완성하기 무섭게 수현의 머릿속에 오랜만에 알람 소리가 들렸다.

하지만 수현은 아직 강습이 진행되는 중이라 이를 무시하고 요리사들을 보며 이야기를 계속 이어갔다.

"완성이 된 것 같으니 각자 자신이 만든 것을 먹어보고 또 제가 만든 것과 비교를 해보겠습니다."

수현은 그렇게 말을 하고 틀에 담긴 디저트를 적당한 크기로 잘라 한쪽에 치워두고 나머지는 강습받은 요리사들 인원수에 맞게 조각을 냈다.

요리사들은 수현의 설명을 들으면서 자신이 완성한 디저트를 먼저 시식해 보았다.

"음, 맛있다."

대체적으로 요리사들은 수현의 레시피대로 만든 디저트에 만족을 하였다.

자신이 만든 디저트를 먹은 뒤 생수로 입가심을 한 그들은 다시 수현이 내놓은 디저트를 시식했다.

"어?"

"어!"

자신들이 만든 디저트를 먹었을 때도 만족감을 느꼈던 요리사들은 이번에 먹은 수현이 만든 디저트와 맛의 차이를 비교해 보려 했지만 어떤 판단도 할 수가 없었다.

같은 재료를 가지고 같은 레시피로 만들었는데 이렇게나 맛에서 차이가 크게 느껴질 줄은 상상도 하지 못했기에 그저 다들 외마디 감탄성을 터뜨리는 것 외에는 어떤 말도 할 수가 없었다.

사실 그들은 알지 못했지만, 그런 맛의 차이가 바로 요리 스킬을 마스터한 사람과 그렇지 않은 사람의 차이였다.

"오늘은 여기까지 하겠습니다."

수현은 오늘의 강습 종료를 알리며 자리를 떠났다.

그러자 수현의 강습을 들은 요리사들은 방금 전까지 수현이 있던 조리대로 몰려들었다.

혹시나 수현이 남기고 간 흔적들을 살피면 자신들이 만든 것과 다른 결과가 나온 수현의 디저트에 담긴 비밀을 조금이나마 알 수 있을까 해서였다.

요리사들이 그렇게 자신이 사용하던 조리대로 몰려들거나 말거나 수현은 조금 전 따로 챙겨둔 디저트를 가지고 사무실로 들어갔다.

오늘 자신이 요리 강습을 한다는 것을 알고 있는 세 사람이 이곳에 와 있을 것을 알기 때문에 자신이 만든 디저트를 가져다주려는 것이다.

*   *   *

덜컹.

급하게 문이 열리더니 작은 인영이 안으로 들어왔다.

"오늘은 뭐야?"

스카이 시티몰 사장실로 다급하게 들어온 진샤오린이 문이 닫히기도 전에 물었다.

"어서 와."

"얘, 넌 어떻게 된 애가 인사도 없이 다짜고짜 뭐냐가 뭐냐?"

차와 수현이 만들어 온 디저트로 티타임을 가지고 있던 메이링과 양시시는 뒤늦게 나타난 친구 진샤오린을 보며 타박을 하였다.

"어? 오빠도 계셨네요. 안녕하셨어요."

진샤오린은 뒤늦게 안에 친구들뿐만 아니라 수현도 함께 있다는 것을 발견하고 인사를 하였다.

"어서 와."

자신을 향해 인사하는 진샤오린을 보며 수현은 빙그레 미소 지으며 그녀의 인사를 받아주었다.

수현이 이렇게 웃는 이유는 바로 진샤오린이 무엇 때문에 이렇게 다급하게 들어오는 것인지 알기 때문이다.

그 이유는 바로 오늘 수현이 이곳 황찬의 요리사들을 대상으로 하는 요리 강습이었다.

촬영을 쉬는 날이면 수현은 가끔 이곳에 들러 요리를 하였는데, 수현이 하는 요리는 일류 요리사라고 불리는 요리사들에 못지않은 맛을 자랑했다.

그리고 가끔 만드는 디저트는 일류 파티쉐가 만든 디저트보다 맛도 있고 또 모양도 예뻐 진샤오린이 무척이나 좋아했다.

유독 단것을 좋아하는 진샤오린은 그 때문에 종종 황찬에 들러 디저트를 사 가기도 했다.

그런데다 오늘 수현이 직접 디저트를 만들 것임을 알고 있었으니 이렇게 다급하게 오는 것이 당연했다.

"우무를 이용한 양갱을 만들어봤어."

양갱은 중국과 한국, 그리고 일본에 널리 퍼진 전통 간식인데, 중국이나 한국에선 이제 전통 방식으로 만드는 양갱은 거의 사라진 반면 일본은 아직도 양갱 장인이 만드는 수제 양갱이 나오고 있을 정도로 전통이 남아 있었다.

　수현이 만든 양갱도 사실 일식을 익히면서 함께 배운 것이었다.

　"자, 여기 네 몫으로 수현 오빠가 빼놓은 것이야."

　메이링이 내민 도자기 접시에는 투명한 플라스틱 케이스가 덮여 있었는데, 그 안에는 먹기가 아까울 정도로 아름다운 연꽃이 입체적으로 그려진 양갱이 들어 있었다.

　"와! 정말로 먹기 아까울 정도로 예쁘다."

　진샤오린은 접시를 눈앞에 바짝 들이밀며 소리쳤다.

　"한입 먹어봐. 보는 것도 환상적이지만, 그 맛은 더욱 기가 막힐 거야."

　양시시는 마치 자신이 만든 것처럼 자랑을 하였다.

　한참 접시 안에 놓인 연꽃이 그려진 양갱을 쳐다보던 진샤오린은 접시 덮개를 내려놓고 접시에 놓인 플라스틱 포크를 이용해 작게 조각을 내어 양갱을 한 조각 머금었다.

　'아!'

　입안 가득 퍼지는 향과 뒤이어 밀려드는 달콤한 맛은 진샤오린 머릿속에서 폭죽이 터지는 듯한 환상을 만들어냈다.

　"와! 식신에서 우승한 요리사도 이렇게 맛있는 디저트를 만들지는 못할 거야."

수현이 만든 양갱의 맛을 본 진샤오린은 눈을 감고 양갱의 맛을 음미하면서 그렇게 중얼거렸다.

'아! 내가 왜 그런 생각을 하지 못했을까?'

메이링은 친구 진샤오린이 하는 감상평을 듣고 있다 자신이 그동안 미처 생각지 못했던 일을 떠올렸다.

동업하여 오픈한 식당 황찬을 알리기 위해 메이링은 그간 갖은 노력을 다했다.

원래 처음 목적은 이곳 스카이 시티몰을 텐진 시 최고의 쇼핑몰로 만들기 위해 한류 스타인 수현의 인지도를 이용해 동업으로 식당을 오픈한 것이다.

하지만 황찬의 오픈 준비를 하는 과정에서 메이링은 수현의 잠재력이 자신이 판단한 것 이상으로 거대하다는 것을 깨닫고 사업의 방향을 다시 세웠다.

어차피 쇼핑몰이야 텐진 시에 위치하여 그 발전 가능성이 한계가 있는 반면, 수현과 동업을 하여 설립한 황찬은 텐진이라는 지역적 한계가 없이 전국적으로, 더 크게는 전 세계적으로도 키울 수 있는 사업이었다.

더욱이 수현은 알면 알수록 양파와 같은 사람이었다.

이 정도가 한계려니 하고 지켜보면 그 이상을 보여주는 것이 바로 수현이라는 사람이었다.

그러다 보니 이제는 더 이상 수현에 대해 한계를 두지 않고 진심으로 대하는 중이다.

그래서 무리하게 아버지에게 부탁하여 VVIP 손님을 초대하였고, 중앙당의 높은 사람이 올 거라고만 알고 있다가 생각지도 않게 사천성 성장인 시평안 부부를 오픈 전에 초대하여 대접하게 되었다.

이는 메이링이 생각하는 최고의 마케팅이었다.

그런데 그것 말고도 또 다른 길도 있었던 것이다.

바로 중국인들이 가장 많이 보는 요리 경연 프로그램인 '천하식신'이라는 프로그램이다.

중국인들은 이를 줄여 식신이라고 부르는데, 중국인들이 가장 많이 시청하는 프로그램 중 하나다.

그런 프로그램에 황찬의 주방장이 나가 우승을 한다면 어떻게 될까? 만약 그렇게만 된다면 다른 성이나 도시에 황찬을 오픈할 때 그 지역의 권력자에게 로비를 하지 않아도 되지 않을까 하는 생각을 떠올렸다.

물론 로비가 아주 없을 수는 없을 것이지만 아무런 이슈도 없이 그 지역에 들어가는 것보다는 인지도를 먼저 쌓아 그 지역 사람들이 황찬이 들어오기를 원하게 만든다면 보다 적은 비용으로 큰 효과를 낼 수 있지 않을까라는 생각을 하게 되자 메이링의 머릿속이 바쁘게 돌아가기 시작했다.

"샤오린, 가능할까?"

메이링은 음식의 맛에 대한 평가에 있어선 전문 감별사 이상의 감각을 가지고 있는 진샤오린에게 물었다.

"물론이지."

메이링의 질문을 받은 진샤오린은 당연한 것을 왜 물어보느냐는 듯 대답을 하였다.

"수현 오빠가 하는 요리는 미쉘링 3스타 요리사가 한 것 이상으로 맛있어."

맛있는 것을 위해서라면 아무리 먼 곳이라도 찾아가는 진샤오린의 그 말에 메이링은 눈을 반짝였다.

"오빠."

친구들도 있고 또 부탁할 것도 있기에 메이링은 애교 섞인 목소리로 수현을 불렀다.

"왜?"

"부탁할 것이 있는데……."

"응? 무슨 부탁?"

조용히 세 미녀들의 대화를 듣고 있던 수현은 느닷없이 메이링이 부탁을 한다고 하자 고개를 갸웃거렸다.

"우리 사업을 위해 방송 하나만 나가주세요."

메이링은 단도직입적으로 수현에게 방송에 나가달라는 부탁을 하였다.

"음, 그것은 내 마음대로 할 수 없어."

수현은 일단 메이링의 방송에 나가달라는 부탁을 거절하

였다.

"물론 오빠의 소속사와 이야기를 해봐야 하겠지만, 제발 들어주세요."

메이링은 수현의 거절에도 굴하지 않고 계속해서 설득을 하였다.

"메이링, 굳이 방송에 오빠가 나갈 필요가 있어?"

아직 메이링의 계획을 알지 못하는 양시시는 수현이 거절을 하는데도 계속해서 밀어붙이는 메이링의 모습에 고개를 갸웃거리며 물었다.

"현재 황찬은 성공적으로 자리를 잡았어."

이들의 공동 사업인 황찬은 방금 메이링이 언급을 한 것처럼 텐진은 물론이고, 북경과 상해에서도 성공적으로 자리를 잡았다.

특히나 마지막에 오픈을 한 상해는 사실 많은 경쟁업체들이 있기에 큰 기대를 한 것은 아니었는데, 이들의 예상을 뒤엎고 본점이라 할 수 있는 텐진보다 더 큰 호황을 누리고 있다.

더욱이 상해는 본점인 텐진이나 북경의 2호점보다 규모면에서 조금 작은 크기였는 데도 불구하고 매출은 20~30% 정도 더 높았다.

같은 금액을 출자했기에 비슷한 규모로 식당을 오픈하려 했지만 상해의 높은 땅값으로 인해 텐진이나 북경보다 작은 규모의 식당을 구할 수밖에 없었다.

그럼에도 불구하고 수현이 개발한 음식 레시피는 한류 스타 정수현이란 프리미엄을 업고 불티나게 팔려 나갔다.

텐진이나 북경 지점처럼 상해 3호점도 예약이 없으면 자리가 없을 정도다.

그런데도 메이링이 욕심을 부리는 것 같아 양시시가 제동을 거는 것이다.

"물론 그렇지. 하지만 난 여기서 만족하지 않아. 황찬은 더욱 성장할 여력이 있어."

메이링은 당차게 자신의 주장을 굽히지 않았다.

"그래, 네 말도 인정해. 하지만 현재 우리의 문제는 분점을 더 내느냐 못 내느냐가 아니라는 것을 너도 알잖아."

양시시는 흥분해 이야기하는 메이링의 말을 받아쳤다.

사실 자본이라면 더 끌어올 여력이 있는 이들이다.

하지만 그렇게 하지 않는 것은 황찬이 여느 식당과 다르기 때문이다.

황찬의 요리 퀄리티나 서비스의 질은 미쉘링 가이드 3성의 식당과 비교해도 그 이상이면 이상이지 못하지 않았다.

황찬의 서비스는 단순히 요리의 맛이나 식당의 청결과 직원들의 손님을 맞는 예절에 그치지 않고, 음식에 대한 정보를 전달하여 황찬을 찾은 고객들이 건강하고 맛있는 식사를 할 수 있게 해주는 것까지 포함이 되어 있었다.

그러다 보니 직원 교육도 일반 음식점과 비교를 하면 상당히 오래 걸렸다.

실제로 그것이 황찬이 빠르게 분점을 늘리지 못하는 원인이었다.

양시시는 이런 점을 메이링에게 어필을 하는 것이다.

"아! 미안."

메이링은 양시시의 이야기에 순간적으로 자신이 흥분했었다는 것을 깨닫고 바로 사과를 하였다.

"아니야. 나도 솔직히 샤오린의 이야기를 듣고 잠깐 그런 생각을 하기도 했으니 됐어."

양시시도 그녀의 사과를 받아들였다.

"그런데 정말로 수현 오빠가 거기에 나가면 우승할 수 있을 것이라고 생각하는 거야?"

양시시는 샤오린을 보며 물었다.

"응, 충분할 것 같은데."

진샤오린의 말이 떨어지자마자 세 사람은 동시에 수현을 쳐다보았다.

"하하, 그렇게 쳐다봐도 어쩔 수 없어. 방송 출연은 회사의 허락이 있어야 가능한 것이야."

수현도 곁에서 세 사람이 하는 이야기를 들었다.

그러면서 세 사람이 언급하는 프로그램이 요리 경연 프로그램이란 것을 알고 호기심이 생기기도 했지만 방송 출연을 하고 싶다고 무조건 할 수는 없었다.

이는 자신이 소속된 회사의 계획과 맞아야지 출연이 가능한 일이기 때문이다.

자신의 부탁이라면 웬만하면 들어줄 가능성이 있기는 하지만 그래도 혹시 모르는 것이다. 해서 수현은 끝까지 그들의 바람에 이렇다 할 확답을 해주지 않았다.

Chapter 7

변화의 바람

서울특별시 종로구 청와대로 1, 이곳은 바로 대한민국 정치의 최정점에 있는 청와대다.

　북악산을 배경으로 한 청와대는 대통령 집무실을 비롯한 회의실, 접견신, 주거실 등이 있는 2층 본관과 경호실, 비서실 및 영빈관 등 부속 건물들과 정원과 북악산으로 이어지는 후원 및 연못 등이 자리하고 있다.

　청와대는 처음 1948년 8월 정부수립 후, 1960년 8월까지 이승만 대통령의 명명으로 제1공화국 대통령 관저명인 경무대로 불리다 그해 8월 13일 제2공화국 대통령이 된 윤보선 대통령이 입주를 하면서 청와대로 개명을 하였다.

이는 본관의 건물이 대리석 건물에 청기와로 이루어진 것에서 연유하여 지어진 이름이다.

이런 청와대는 대한민국을 이끌어갈 중요한 정책들을 결정하는 곳이기도 했기에 사전 허락 없이는 아무나 함부로 출입할 수 없는 장소이기도 했다.

그런 청와대에 이른 아침부터 많은 차량이 안으로 들어갔다.

이렇게 많은 차량이 청와대를 찾은 이유는 바로 주요 장관 회의가 있었기 때문이다.

*   *   *

"이게 어떻게 된 일입니까?"

박은혜 대통령은 산업부 장관의 보고에 호통을 쳤다.

산업 발전을 위해 자신이 대통령에 취임을 하면서 그렇게 해외 각국을 돌았는데, 오히려 수출입 적자 폭이 자신이 취임하기 전보다 더 늘어났기 때문이다.

"그, 그게……."

박은혜 대통령의 질책에 산업부 장관은 선뜻 대답을 하지 못했다.

그렇다고 그가 아주 할 말이 없는 것은 아니었다.

수치상으로야 적자가 늘어난 것이 맞기는 하지만, 자신이

스카이아드

담당하는 수출입 실적은 오히려 소폭 향상되었기 때문이다.

물량 면에서는 박은혜 대통령의 외교 협상으로 수출이 증가를 하였다.

그렇지만 전 정권에서 실행한 자원외교의 헛발질로 인해 수입하는 원자재 가격은 상승한 데 반해 그것을 가공해 생산하는 제품의 가격은 동결되었다.

그렇다 보니 수익이 수입에 비해 줄어들 수밖에 없었다.

더욱이 최근 관광객들의 유입이 많이 줄어들었다.

작년까지만 해도 한류 바람을 타고 외국인 관광객은 매년 늘어났다.

그런데 그러던 것이 작년 가을을 기준으로 서서히 줄어들기 시작하더니 올 1/4분기에는 외국인 관광객의 숫자가 반토막이 났다.

설상가상으로 해외여행을 가는 내국인 관광객의 숫자는 전년 같은 기간 대비 30%라는 어마어마한 수치로 늘어나 버렸다.

때문에 자연 외국에서 들어오는 달러보다 국내에서 밖으로 빠져나가는 달러의 양이 늘어나 적자 폭 또한 늘어난 것이다.

이는 아무리 산업부 장관이라도 어쩔 도리가 없는 일이었다.

"왜 말이 없습니까?"

거듭된 박은혜 대통령의 호통에 산업부 장관은 더는 대답을 미룰 수 없었다.

"적자 폭이 늘어난 것은 수출 물량이 줄어든 때문이 아닙니다. 이는 전 정권이 실행하던 자원외교의 실패로 인한…… 외국인 관광객의 숫자가 절반으로 줄어든 것에 비해 내국인의 해외 관광…… 그 결과로 인해 적자가 늘어난 것입니다."

산업부 장관은 억울한 심정으로 이와 같은 사실을 전하며 항변했다.

"아니, 그럼 외국인 관광객이 그렇게 줄어들 때까지 뭘 하신 겁니까?"

박은혜 대통령은 깜짝 놀랐다.

생각지도 못했던 문제가 튀어나왔기 때문이다.

다른 것도 아니고 관광객의 숫자가 줄어들었다는 것, 그것도 5%, 10% 이런 문제가 아니라 절반, 즉 50%나 줄어들었다는 것은 무척이나 심각한 문제였다.

더욱이 현재 전 세계는 한국의 아티스트들에 의해 한류 열풍이 불고 있는 때가 아닌가? 그런 한류 열풍을 타고 외국 관광객들이 매년 늘어나고 있다 알고 있었는데, 현실은 그렇지 않았기 때문이다.

"원인이 뭔가요?"

다른 문제도 아니고 관광산업과 관련된 일이다. 'No

Smoking' 산업이라고 해서 연기가 나지 않는 굴뚝 없는 산업, 즉 관광산업은 그 어떤 산업보다 적은 비용으로 큰 효과를 낼 수 있는 산업이다.

지표상으로야 크게 나타나지 않지만 정부 입장에선 그보다 효자 산업이 없는 것이다.

그런데 그런 관광산업이 외국인 관광객의 급감으로 인해 심각한 문제에 봉착한 것이다.

"외국인 관광객의 숫자가 줄어든 원인이 어디에 있는지 파악은 된 것입니까?"

심각한 표정이 된 박은혜 대통령은 진지하게 물었다.

"그게… 어떻게 들으실지 모르겠지만 저희가 파악해 본 바로는……."

산업부 장관은 잠시 대통령과 다른 장관들의 눈치를 살피다 대답하였다.

"여러 복합적인 문제가 있기는 하지만, 가장 큰 이유는 바로 국내에 들어오는 외국인 관광객 중 많은 비중을 차지하던 국내 아이돌 그룹의 팬들이 발길을 끊은 때문인 것으로 파악이 되고 있습니다."

"네? 그게 무슨 소리죠?"

박은혜 대통령은 산업부 장관의 보고에 고개를 갸웃거렸다.

현재 해외에서는 한류 열풍이 계속되고 있다는 뉴스를 듣고 있는데, 무엇 때문에 그 팬들이 한국으로 오는 발길을 끊는다는 말인가? 도저히 이해가 가지 않아 재차 질문을 하였다.

"현재 한류 열풍을 이끌고 있는 아이돌 그룹들의 활동이 활발하다고는 하지만, 이중 선두에서 한류를 이끌고 있는 그룹이 국내 활동을 하지 않고 해외 활동에만 전념을 하고 있습니다."

"네? 아니, 그런 이들이 있다면 국내에서 활동을 통해 팬들을 국내로 불러들이게 해야 하는 것 아닙니까?"

산업부 장관의 답변에 박은혜 대통령은 더욱 고개를 갸웃거릴 수밖에 없었다.

국내 인기 연예인이 국내에서 활동을 전혀 하지 않고 외국에서만 활동을 한다는 말이 도저히 이해가 가지 않았다.

산업부 장관은 계속되는 추궁에 더 이상 버티지 못하고 얘기를 꺼냈다.

"대통령께서는 혹시 로열 가드라는 남자 아이돌 그룹을 아십니까?"

윤태영 산업부 장관은 진지한 표정으로 대통령을 보며 물었다.

그의 입에서 로열 가드란 명칭이 나오자 아나나 다를까, 몇몇 장관들 표정이 굳어졌다.

"로열 가드요? 그 명예 훈장을 받은 청년이 있는 그룹

스타라이드

아닌가요?"

박은혜 대통령은 윤태영 산업부 장관의 질문에 뭔가 생각
이 났는지 그렇게 대답을 하였다.

"맞습니다. 바로 그 사람이 로열 가드의 리더입니다."

"……?"

박은혜 대통령은 윤태영 장관의 대답에 더욱 의문을 품을
수밖에 없었다.

그 그룹과 외국인 관광객 감소가 무슨 연관이 있다는 것
인지 이해를 하지 못한 것이다.

"작년 여름 그 그룹의 리더가 스캔들이 터졌습니다."

"그래서요?"

"그 스캔들은 남자 아이돌 그룹 리더와 한류 톱스타 여자
연예인의 스캔들이었습니다."

"허어!"

박은혜 대통령은 그제야 지금 윤태영 산업부 장관이 무슨
이야기를 하는 것인지 기억해 냈다.

"설마?"

"네, 맞습니다. 그 일로 최유진이라는 한류 스타는 연예
계를 은퇴하고 우울증 치료를 위해 미국으로 이민을 갔습니
다."

자신이 알고 있는 것을 그대로 박은혜 대통령에게 대답하
는 윤태영 장관은 차가운 눈빛으로 몇 명의 장관들을 돌아

보았다.

그의 눈에는 차가운 적의가 가득했다.

마치 '너희가 싸놓은 똥 때문에 내가 이렇게 고초를 겪고 있는데, 두고 보자'라는 뜻이 듬뿍 담겨 있었다.

"하지만 결과적으로 그 스캔들은 조작된 것으로, 그 배후에는 여당의 중진 의원인 나정원 의원과 계파 의원 몇 명이 함께 엮인 더러운 여론 조작이 있었다는 것이 밝혀졌습니다."

"뭐요! 그게 사실인가요?"

박은혜 대통령은 정말이지 처음 듣는 이야기였다.

자신이 몸담고 있던 당에서 그런 일이 있었을 것이라고는 상상도 하지 못했다.

물론 그녀도 정치를 하면서 모두 좋은 일만 한 것은 아니다.

정적을 물리치기 위해선 음모를 꾸미고 술수도 부리기도 했다.

하지만 그건 어디까지나 자신의 정치 생명과 연관된 정적에 대한 정치적 투쟁이었지, 자신의 치부를 숨기기 위해 여론 조작을 했던 것은 아니었다.

"그런데 그런 것이 밝혀졌다면 된 것 아닌가요?"

가슴속에서 화가 치밀어 올랐으나 일단 회의를 해야 했기에 그녀는 애써 마음을 진정시키며 물었다.

"네. 그렇게 진실이 밝혀지고 문제를 일으킨 장본인들이 사과하고 물러났으면 깨끗하게 끝났을 문제이지만……."

윤태영 장관은 다시 한 번 이야기를 중단하고 좌중을 둘러보았다.

"으음."

몇몇 장관들은 자리가 불편한지 대통령이 있는 자리에서도 작게 헛기침을 하였다.

그런 장관들의 모습에 박은혜 대통령은 뭔가 자신이 모르는 일이 있었음을 깨달았다.

"뭔가 또 제가 모르는 일이 있었던 것입니까?"

대통령이 직접적으로 그렇게 질문을 해오자 회의 분위기는 더욱 가라앉았다.

*　　　　*　　　　*

케이블 음악 방송인 MTB의 PD 최영국은 흥분한 표정으로 국장인 장성국에게 이야기하고 있었다.

"국장님. 아니, 시청률이 떨어진 것을 왜 저에게 따지는 것입니까? 예?"

"아니, 그럼 인마. 네 프로 시청률이 안 나오는 것을 그럼 누구에게 따져?"

"그게 왜 제 잘못입니까?"

최영국도 사실 국장인 장성국의 말이 다른 때라면 이해가
갔다.

하지만 현재 방영되는 음악 방송이나 연예계 전반적인 시
청률을 생각하면 너무도 억울했다.

그리고 지금 그것을 예능 국장인 장성국에게 이야기를 하
는 것이다.

"그러게 왜, 위에선 걔들 방송 출연을 하지 못하게 막고
서 시청률이 안 나온다고 지랄들을 하는 거냔 말입니다."

"너도 알잖냐. 윗대가리들 정치권 눈치 보고 있는 것 말
이다."

"그럼 지들이 한 일 때문에 시청률 안 나오는 것이니 입
닥치고 있어야 하는 것 아닙니까? 지들이 그렇게 만들어놓
고 누구한데 타박을 하는 겁니까, 타박이!"

최영국은 도저히 화를 참을 수 없는지 국장 앞에서 고함
을 질렀다.

"야, 그래도 내가 국장인데 너 너무한 것 아니냐?"

장성국은 입장이 불리해지자 자신의 직책을 들먹이며 최
영국을 압박했다.

"아, 몰라요. 그렇게 마음에 들지 않으면 저 자르시고 다
른 PD 넣으세요."

최영국은 그렇게 국장인 장성국에게 짜증을 내고는 나가
버렸다.

"아, 젠장."

직속 후배인 최영국이 그렇게 자신 앞에서 짜증을 내고 나가 버리자 장성국 또한 속에서 짜증이 확 일어났다.

사실 그가 짜증을 내는 것은 화를 내고 나가 버린 최영국 때문이 아니라, 사태를 이렇게 만들어놓고 시청률 저조로 인한 책임을 자신에게 넘기려는 방송국 이사들의 태도 때문이었다.

하지만 어쩌겠는가. 비록 자신이 국장이라고는 하지만 어찌 됐든 월급을 받는 사람이다.

이게 싫으며 사표를 내든가, 아니면 방송국 사장을 하면 되는 일이다.

자신을 압박하는 이사들을 생각하던 그는 고개를 몇 번 털고는 얼른 밖으로 나간 최영국 PD를 쫓았다.

"영국아, 최영국!"

장성국은 회사 내지만 직책이 아닌 이름을 부르며 복도를 빠른 걸음으로 걸어가며 최영국 PD를 불렀다.

현재 MTB는 음악 전문 케이블 방송이면서도 팬들의 방송 시청 보이콧 운동으로 말미암아 큰 위기에 봉착하고 있었다.

작년 벌어진 수현의 스캔들 여파로 로열 가드가 국내 활동을 전면 중단한 데 이어, 로열 가드만큼이나 최고의 인기를 구가하고 있는 빅트러블, 원조 꽃미남 아이돌 겸 배우인 김지후가 있는 더블501과 스캔들에 민감한 여자 인기 아이돌 그룹까지 합세해 연예부 기자들의 무책임한 보도 행태에 항의하는 차원에서 '노 리액션' 운동을 하고 있었다.

자신들이 좋아하는 스타들의 운동을 벌이는 취지를 듣고 그들의 팬들 또한 이 운동에 동참하는 의미에서 시청을 하지 말자는 운동을 벌이고 있었다.

그러다 보니 당연 방송 시청률이 높게 나올 수가 없는 것이다.

시청률이 저조하다는 말은 방송국 입장에선 너무 심각한 일이 아닐 수 없다.

그게 무슨 말인가 하면, 시청률이 저조하다는 말은 다시 말해 광고가 들어오지 않거나 단가가 낮아진다는 말과 같은 의미였다.

프로그램을 만들 때 엄청난 제작비가 들어간다.

그것을 방송국에서 모두 감당할 수 없으니 광고를 통해 제작비를 충당하고 이윤을 얻는다.

그런데 만약 그 프로그램의 시청률이 예상보다 적게 나온다면 어떻게 되겠는가? 당연히 광고를 의뢰하는 광고주 입장에서 높은 비용을 들여 광고를 할 필요가 없어지는 것이다.

그러니 광고를 철회하거나 아니면 재협상을 통해 계약금을 줄이려 할 것은 당연한 수순이다.

광고주 입장에서는 많은 사람들에게 자신들이 판매하려는 물건을 많이 노출시키기 위해 광고를 하는 것이니 말이다.

그 때문에 MTB 경영 이사들은 시청률이 떨어지는 것에 민감할 수밖에 없었고, 그 책임을 프로그램 담당자인 PD와 국장에게 물을 수밖에 없었다.

하지만 시청률이 떨어진 원인이 다른 곳에 있는데, 책임을 묻는다고 해결이 되는 것은 아니다.

시청률을 회복하기 위해선 원인을 찾아내 문제를 해결해야 함에도, 그 문제가 무엇인지 알고 있는 이사들은 문제 해결보다는 이제까지 해왔던 것처럼 본인들의 잘못을 감추고 해당 PD에게 책임을 전가하고 있었다.

"인마, 그렇게 나가 버리면 어떻게 하냐."

장성국은 최영국 PD를 붙잡고 다시 이야기를 하였다.

"형님도 현재 시청률이 나오지 않는 이유가 어째서인지 잘 알고 계시지 않습니까?"

"그래, 나도 잘 알지. 하지만 어쩌냐. 대가리들이 그런 것 생각하겠냐?"

"하……."

최영국은 국장인 장성국의 대답을 듣고 한숨을 쉬었다.

자신도 잘 알고 있다. 아무리 떠들어봐야 바뀌는 것은 없었다.

"이렇게 된 것 우리 그냥 킹덤 애들 넣자."

한참 고민을 하던 장성국은 대뜸 킹덤 엔터를 언급했다.

"그러면 저야 시청률 걱정을 하지 않아도 될 것 같지만, 괜찮겠습니까?"

심적으로야 방금 국장인 장성국이 한 말을 본인이 하고 싶었지만 일개 PD가 꺼낼 수 있는 말이 아니었기에 속으로 애만 태우고 있었는데, 친한 선배이자 국장인 장성국이 먼저 언급을 하자 최영국은 다행이다 싶으면서도 놀라서 물었다.

현재 MTB 안에서 킹덤 앤터 소속 가수를 부른다는 것은 금기였다.

아니, 연예계 전반에 걸쳐 암묵적으로 그렇게 돌아가고 있었다.

정치권에서 내려온 지시 때문에 웬만한 이름값으로는 방송이나 행사 어디에도 킹덤 엔터 소속 연예인을 찾아보기 힘들다.

그런데 지금 국장인 장성국이 그런 금기를 깨려 하고 있었다.

"그럼 어쩌냐. 이대로 가다간 성적을 이유로 어차피 너나 나나 직위 해제나 권고사직일 텐데."

"음."

장성국의 이야기를 듣고 있던 최영국은 자신도 모르게 신음을 흘렸다.

1%도 안 되는 0.6%의 시청률, 그것이 바로 최영국이 맡고 있는 프로그램의 시청률이다.

작년까지만 해도 유명 아이돌이 컴백을 하거나 하면 두 자리 수 시청률도 종종 기록하기도 했었다.

하지만 현재는 컴백을 해도 리액션이 없고, 또 스타를 보기 위해 방청을 오는 팬도 적어지면서 프로그램을 제작하는 데도 어려움을 겪고 있다.

그리고 그 모든 것이 바로 위에서 내려온 지시로 인해 벌어진 일이었다.

그동안 언제나 갑의 위치에서 군림을 했지만 연예인들이 합심을 하자 갑과 을의 입장이 바뀌게 되었다.

갑의 입장에서 아무런 의심 없이 그동안 그래 왔던 것처럼 프로그램을 제작해 왔다.

하지만 시간이 지나면서 자신의 권리를 찾겠다는 아이돌 그룹, 연예인들이 늘어나면서 연예계 전반으로 그러한 움직임이 퍼져 나갔다.

이러한 움직임을 진작 포착했더라면 대비를 했을 수도 있었겠지만, 오랜 기간 갑의 입장으로 있던 방송국은 정형화된 사고로 인해 유연하게 대처하지 못했다.

그리고 그 결과가 바로 지금의 저조한 시청률인 것이다.

"어차피 결과가 뻔하다면 꿈틀이라도 해봐야 하지 않

겠냐."

장성국은 뭔가 결심을 한 것인지 최영국을 보며 말했다.

그리고 이러한 이야기는 비단 케이블 방송사인 MTB에서만 논의되는 이야기가 아니었다.

＊　　　＊　　　＊

"이 사장, 그러지 말고. 로열 가드가 한국에 들어왔다면서요. 그럼 우리 방송국에 좀 보내줘요."

문화 TV 예능국 국장인 정하준은 킹덤 엔터 이재명 사장에게 부탁을 하였다.

"아니, 왜 이러십니까?"

부탁을 하는 정하준 국장을 보면서도 이재명 사장은 냉담한 표정을 지을 뿐이었다.

그도 그럴 것이, 가장 먼저 킹덤 엔터에 등을 돌린 곳이 바로 문화 TV였기 때문이다.

사실 작년 기자회견 직후 후폭풍이 있을 것은 예상을 하고 있었다.

하지만 국영방송사인 KTV는 그럴 수 있다고 해도 민영방송사인 문화 TV가 먼저 킹덤 엔터 배척에 나설 것이라고는 상상도 못했다.

문화 TV는 그동안 킹덤 엔터와 원만한 관계를 맺고 있

스타일사이드

었고, 또 정수현으로 인해 많은 이득을 봤다.

그럼에도 하루아침에 안면 몰수를 하고 킹덤 엔터 소속 연예인에 대한 방송 금지를 통보해 올 줄은 이재명은 상상도 하지 못했다.

그런데 이제 와 로열 가드를 방송에 출연시켜 달라는 부탁을 해오자 어처구니가 없었다.

"저희가 정말 죄송하게 되었습니다."

정하준은 그동안 자신들이 했던 일이 있었기에 일단 무조건 고개 숙이고 사과를 하였다.

"이 사장님도 저희가 민영방송사라고는 하지만 정부의, 정치권의 눈치를 보지 않을 수 없다는 것 잘 아시지 않습니까?"

"그렇다고는 하지만 그건 아니죠."

이재명 사장은 정하준 문화 TV 예능 국장을 보며 말을 하였다.

그동안 자신이나 밑에 있는 킹덤 엔터의 직원과 소속 연예인들이 겪었던 고난이 떠오르면서 솟아오르는 분노를 애써 억누르며 다음 말을 이어갔다.

"저희 킹덤 엔터 소속 연예인에 대한 방송 제재를 가장 먼저 해온 것은 문화 TV였습니다. 그로 인해 저희가……."

이재명 사장은 정치권의 보복으로 많은 피해를 입었다.

가장 먼저 들어온 보복은 세무조사다.

그다음으로 가해진 것은 바로 소속 연예인에 대한 향정신성 약물에 대한 조사다.

연예인들은 마약과 관련된 사건에 연루되는 것은 무조건 피해야만 한다.

그것이 진실이든 거짓이든 상관없이 그 이미지가 평생을 가기 때문이다.

한 예로 90년대 인기를 끌며 복제인간이란 그룹명으로 활동했던 가수가 있었다.

현란한 댄스와 흥겨운 노래로 대한민국은 물론이고, 아시아 전역에서 인기가 높았으나 멤버 한 명이 오토바이 사고로 하반신 마비가 되면서 활동을 접었다.

그리고 남은 멤버 한 명은 친구의 사고로 가수 활동은 접었지만 가수가 되기 전 해오던 디제잉을 하면서 음악 활동을 계속하였다.

하지만 그는 연예계에 마약과 관련된 사건이 불거질 때마다 검찰에 불려가 조사를 받아야만 했다.

그 이유라는 것이, 직업이 DJ인 것과 또 그 외형적으로 보이는 외모가 마약을 할 것 같다는 이미지라는 것이었다.

정확한 증거도 없이 검찰은 사건이 터질 때마다 연루된 연예인과 그를 불러 소변 검사나 DNA 검사를 하였다.

하지만 마약을 하지 않는 그에게선 어떠한 향정신성 물질 반응도 나타나지 않았다.

그런데 조사를 할 때는 대대적으로 이름을 거론하면서 무혐의가 되었을 때는 아무에게도 알리지 않는 언론 행태 때문에 그는 매번 연예인 마약 사건이 벌어질 때마다 이름이 거론되면서 국민들에게 마약과 연관된 이미지가 쌓이게 되었다.

참으로 억울한 일이 아닐 수 없었다.

한데 그런 일이 킹덤 엔터 소속 연예인들에게 벌어진 것이다.

말로는 제보가 들어와 조사를 한다고 하지만 사실 그러한 제보는 어디에도 없었다.

그저 정치권에서 자신들의 치부를 드러낸 이재명 사장을 압박하기 위한 조치를 취한 것뿐이다.

그런데 웃긴 것은 자세한 조사를 한 뒤 보도해야 할 방송국이나 신문사에서는 자신들의 실수를 감추기 위해 오히려 더 과장되게 보도를 하였다.

이 때문에 그러한 압박을 견디지 못한 연예인들이 킹덤 엔터를 속속 떠나갔다.

거기에 더해 방송국에서 암묵적으로 킹덤 엔터에 속한 연예인은 출연 금지를 내리기까지 하자 더욱 많은 연예인들이 다른 곳으로 배를 갈아탔다.

물론 끝까지 이재명 사장과 의리를 지킨 연예인도 있었지만 압박을 견디지 못하고 떠난 연예인들이 더욱 많았다.

그로 인해 킹덤 엔터는 그 규모가 1/3로 줄어들었다.

킹덤 엔터 간판이던 최유진은 은퇴를 하고 미국으로 떠났고, 캐쉬카우인 로열 가드는 국내 활동을 접었다.

기존 아이돌 그룹은 제 살길을 찾아 계약을 해지하고 떠났다.

이래저래 힘겨운 때 이재명 사장은 특단의 조치로 해외 활동에 전념했다.

그렇게 반년 만에 킹덤 엔터는 혼란을 수습하고 정상 궤도에 올랐다.

아니, 군살을 뺀 덕분에 수익은 오히려 늘어났다.

그러니 지금 공중파 방송사 중 하나인 문화 TV 국장이 와서 사과를 하고 소속 연예인에 대한 방송 출연 금지를 해제했다고 이야기를 해도 마음이 끌리지 않는 것이다.

사실 방송 출연은 크게 돈이 되지 않는다.

다만, 그렇게 얼굴을 알림으로써 다른 곳에서 돈을 버는 것이다.

그런데 현재 킹덤 엔터 소속 연예인들은 가수든 연기자든 거의 대부분 외국에서 활동을 하고 있다.

예전처럼 많은 스케줄에 쫓기지도 않고 널널하게 활동을 하면서도 수익은 국내에서 활동을 할 때보다 많았다.

그러니 굳이 국내 활동에 목을 맬 이유가 없는 것이다.

다만, 문제가 있다면 장기간 외국에서 활동을 하다 보니 향수병에 걸리는 연예인이 늘어나고 있다는 점이었다.

"그러지 말고…… 언제까지나 소속 연예인을 외국에서만 활동하게 할 것은 아니지 않습니까?"

정하준은 자신의 제안을 거부하는 이재명 사장을 거듭 설득하기 시작했다.

사실 그의 말도 맞았다. 한국의 연예인으로서 계속 외국에서만 활동을 할 수는 없었다.

지금이야 한류 스타로 높은 명성을 가지고 활동한다고 하지만, 국내 기반이 무너지게 되면 그 지위도 함께 무너질 공산이 컸다.

그러기 전에 어떻게 하든 짧게나마 국내 활동도 해야만 했다.

그리고 이런 문제는 이재명 사장도 잘 알고 있었다.

다만, 아직 시기적으로 이르다는 판단에 정하준 국장의 제안을 거부하는 것이다.

그리고 또 이렇게 뒤로 뺄수록 자신들의 주가가 올라가고 방송국에서 얻어낼 파이 또한 커지기에 쉽게 이재명 사장은 설득에 쉬이 넘어가지 않았다.

*　　　*　　　*

덜컹.

"정 국장은 돌아갔습니까?"

문화 TV 예능국 정하준 국장이 돌아가고 그 소식을 들은 김재원 전무가 들어와 물었다.

"어서 오게."

"그래, 정 국장이 무슨 말을 하러 왔답니까?"

자리에 앉은 김재원은 문화 TV 예능 국장이 도대체 무슨 이유로 자신들을 찾아온 것인지 궁금해 못 참겠는지 계속해서 질문을 하였다.

"이제야 그 효과가 나타나는 것 같네."

"효과요? 벌써 그게 먹힌단 말입니까?"

김재원은 눈을 반짝이며 물었다.

사실 이재명 사장이나 킹덤 엔터가 정치권의 전방위적인 압박에 그냥 손도 못 쓰고 국내 활동을 접은 것은 아니었다.

자신들이 힘이 약해 물러나긴 했지만 이재명 사장은 뒤로는 다른 연예 기획사들에 자신들이 겪는 어려움을 사실 그대로 알렸었다.

그러면서 기자회견 때 밝힌 것 외에 더 자세한 자료를 그들에게 보여주었다.

킹덤 엔터가 어떤 부당한 일을 당했고, 그 이후로도 어떤 어려움을 겪었는지 모두 감추지 않고 그들에게 공개를 한 것이다.

그리고 덧붙여 내가 당했으니 너희도 당할 수 있다는 뉘 앙스를 풍겼다.

국내 굴지의 엔터테인먼트 회사인 킹덤 엔터도 정치권의 음모에 휘말려 규모가 1/3로 줄어들었다.

지금이야 정치권의 압박으로 그 규모가 축소되었지만 킹 덤 엔터는 연기자, 가수, 그리고 개그맨과 MC 등 연예계 모든 분야에서 활동을 하는 톱스타들이 소속되어 있고, 그 리고 뒤를 받쳐 줄 연습생까지 고루 갖춘 튼튼한 기획사였 다.

그럼에도 정치권의 음모로 크게 휘청거렸다.

만약 킹덤 엔터처럼 튼튼한 회사가 아니었다면 아마 그 기획사는 이번 일로 진즉에 문을 닫아야만 했을 것이다.

이재명 사장은 이러한 위기감을 조성하면서 외부의 위협 으로부터 안전장치를 도모하자는 취지에서 다같이 협력하기 로 모의를 하였다.

그 첫 번째가 바로 연예인들의 권익을 찾아주자는 취지에 서 방송에 출연을 하되 리액션을 하지 않는 것이다.

그리고 두 번째로는 소속 연예인의 팬클럽에 협조를 얻어 이러한 운동에 동참시키는 것이었다.

현재 벌어지고 있는 팬들의 시청 거부 운동이 바로 그것 이다.

그런데 의외인 것은, 방송 시청을 거부하면서 스타를 볼 기회가 줄어든 팬들이 더욱 적극적으로 스타를 보기 위해 공연 현장에 밀려들고 있다는 점이다.

그로 인해 스타와 관련된 굿즈 판매도 늘었다.

그 말은 기획사의 수익이 늘어났다는 말과 같았다.

그러니 이재명의 제안은 기획사 입장에서 나쁜 것이 아니라 더욱 이득이었다.

그뿐만이 아니다. 연예 기획사를 운영하면서 소속 연예인의 연애에 대해 무척이나 신경을 써야만 했는데, 만약 지금 벌이고 있는 일이 성공을 거두게 된다면 연예인들의 연애에 크게 고민을 하지 않아도 될 것이니 기획사들도 이재명의 제안을 거부할 이유가 없었다.

"김 전무도 봐, 언제 방송국 국장이 이렇게 직접 찾아와 부탁을 해온 적이 있나?"

이재명 사장은 뭐가 그리 좋은지 입가에 미소를 지으며 물었다.

김재원 전무는 이재명 사장의 물음에 잠시 생각을 해보았다.

하지만 아무리 기억을 떠올려도 이런 적은 지금껏 한 번도 없었다.

킹덤 엔터가 연예계에 자리를 잡으면서 키워낸 스타 중 최고의 작품인 최유진이 전성기였을 때도 공중파 방송국 국장이 직접 회사로 찾아온 적이 없었다.

그저 방송국으로 자신들을 부르거나 외부에서 약속을 잡아 제안을 했을 뿐이었다.

그런데 오늘은 자신들을 방송국으로, 아니면 한적한 식당으로 부르는 것이 아니라 본인이 직접 회사로 찾아와 부탁을 한 것이다.

"그러고 보니 지금까지 한 번도 그런 적이 없었군요."

"그렇지. 변화가 일어나고 있어. 현재 연예계 돌아가는 것만 봐도 그렇다니까."

김재원과 이재명은 그렇게 정하준 국장이 다녀간 일과 전반적으로 연예계가 돌아가고 있는 상황에 대해 이야기를 하였다.

"조만간 결정적인 계기가 발생할 거네. 만약 그렇게 된다면 우리가 생각한 대로 흘러가게 될 것이야."

이재명 사장은 마치 음모를 꾸미는 흑막처럼 분위기를 조성하며 이야기하였다.

"지금 분위기 흐름만 보면 그렇게 될 것도 같습니다."

"그래. 우리 뜻대로만 된다면 더 이상 정치권의 외압은 걱정할 필요도 없을 것이네."

"물론이죠. 그리고 그 개XX들도 더 이상 신경 쓸 필요가 없어질 것입니다."

김재원 전무가 누군가를 지칭하며 욕을 하였지만 이재명

은 그런 것에 일일이 신경 쓰지 않았다.

"물론 그렇긴 하지만 어차피 그들과는 공생관계일세. 너무 멀리하거나 또 그렇다고 너무 가까이 해서도 안 되는 그런 존재지."

이 두 사람이 언급을 한 것은 바로 연예부 기자들이었다.

그들로 인해 현재 크게 곤욕을 치르고 있지만 연예 기획사를 운영하는 이들의 입장에서 연예부 기자는 불가근불가원의 존재다.

소속 연예인을 알리기 위해선 이들의 도움이 절실히 필요하다.

하지만 너무 가깝게 지내게 되면 연예부 기자들은 마치 자신들이 뭐라도 되는 것마냥 머리 꼭대기에 올라서려고 하는 경향이 있었다.

사업 초기에는 이런 연예부 기자들의 성향을 몰라 크게 일을 치른 적도 있었기에 이재명이나 김재원 전무는 이제껏 이들과 적당한 거리를 두고 공생관계를 유지해 왔다.

하지만 어느 곳이든 연못물을 흐리는 미꾸라지 한 마리가 있기 마련이다.

일명 돌아이의 법칙이라고 해서 하나의 집단이 있으면 그 안에는 꼭 돌아이가 있었다.

그것이 바로 작년 있었던 스캔들의 시초가 된 사진을 유포한 디스팩트다.

연예계의 돌아이, 자신들의 이득을 위해서라면 합법과 불법을 넘나들며 연예인의 약점을 취득해 기획사 또는 연예인에게서 돈을 뜯어내는 집단, 겉으로는 인터넷 언론사를 표방하지만 그 안을 깊이 파고들면 협잡꾼에 지나지 않은 그들이었다.

그런데 연예계에서 그런 협잡꾼은 비단 그들만이 아니다.

조금만 정도를 벗어나면 발에 채이는 것이 바로 디스팩트와 같은 찌라시 언론의 기자들이었다.

이재명과 김재원은 이러한 협잡꾼에게 더 이상 휘둘리지 않기 위해 여러 기획사들과 손을 잡고 여론을 조장하고 있는 중이었다.

그리고 그것이 현재 제대로 먹히고 있었다.

그런데 이 두 사람이 놓치고 있는 게 있었다. 자신들이 키워낸 로열 가드, 아니, 수현이 가진 영향력이 어느 정도인지 제대로 알지 못하고 과소평가하고 있었다.

수현이나 그가 속한 로열 가드의 인기는 이들이 상상하는 그 이상의 것이었다.

그래서 로열 가드나 정수현이 국내 활동을 하지 않고 외국에서만 활동하는 것 때문에 급감한 외국인 관광객 유치에 대해 정부 측에서 얼마나 고심을 하고 있는지 미처 알지 못했다.

Chapter 8

총성

거대한 홀, 조명이 꺼져 어둡지만 가운데 정중앙의 무대만은 환한 조명으로 돋보이고 있었다.

그리고 어둠 속에서 환한 무대 중앙을 지켜보는 사람들은 긴장된 표정으로 결과가 발표되기를 기다렸다.

"심사 위원들의 평가가 어떻게 될지 궁금한데…… 도전자인 정수현 씨에게 물어보기 전에 지난 회 우승자인 탁룽 씨에게 먼저 물어보겠습니다."

원칙대로라면 도전자인 수현에게 질문을 먼저 해야 하지만 천하식신의 MC 추자이완은 전회 우승자인 탁룽에게 먼저 다가갔다.

그도 그럴 것이, 이번에 최종 도전자로 남은 사람이 일반적으로 천하식신에 출연하는 요리사가 아니라 바로 현재 중국에서 가장 큰 인기를 얻고 있는 한류 스타 정수현이었기 때문이다.

스타가 자신들의 프로그램에 나오는 것만으로도 이슈몰이가 확실할 것인데, 일반적인 출연도 아니고 우승을 다투는 최종 결선에까지 진출을 했으니 당연한 것이었다.

이 방송을 보고 있는 시청자들의 관심은 더 이상 전회 우승자인 탁룽에게 가 있지 않았다. 현재 가장 큰 관심은 도전자인 한류 스타 정수현이 과연 우승자가 될 수 있을 것인가에 가 있다는 것을 프로그램 제작자도, 그리고 MC를 맡고 있는 추자이완도 잘 알고 있었다.

"탁룽 씨. 결선 주제가 미엔이었는데, 어째서 단단미엔(탄탄면)을 내놓으신 것입니까?"

탄탄은 '짐을 짊어지다'라는 뜻으로 탄탄면은 행상꾼들이 장대에 재료를 짊어지고 다니면서 팔던 것에서 유래가 된 중국의 면 요리다.

원래는 국물 없이 비벼 먹는 면 요리였는데, 일본으로 전해지면서 국물이 있는 요리로 바뀌었고, 그것이 다시 중국으로 역수입되면서 그 종류가 늘어나게 되었다.

"경쟁 상대인 정수현 씨는 이제는 중국에서도 몇몇 장인들 빼고는 만들지 못한다는 용수면을 가지고 나왔는데, 이길 자신이 있습니까?"

MC 추자이완은 수현이 결선 요리로 내놓은 용수면을 언급하며 질문을 하였다.

"하, 솔직히 자신이 없습니다."

"아니, 그게 무슨 말씀이시죠? 지난 회까지만 해도 자신감 있던 탁룽 씨라고는 믿기지 않는 말씀이시네요."

지난 회 우승자인 탁룽은 솔직히 오늘 천하식신 촬영 전까지만 해도 이번 회에도 우승할 자신이 있었다.

그는 사전에 오늘 결선 주제를 알고 있었기에 준비를 철저히 해왔기 때문이다.

비록 준비한 요리가 흔한 골목 면 요리인 탄탄면이라고는 하지만 10년간 장사를 하면서 터득한 노하우가 그 안에 담겨 있었다.

그 때문에 이번 회 우승도 자신을 했던 것이다.

사실 탁룽은 특기가 면 요리였기에 비록 흔히 볼 수 있는 탄탄면이었지만 충분히 이길 자신이 있었다.

그런데 설마 결선에서 자신도 아직 기술을 터득하지 못한 용수면을 가지고 나오는 사람이 있을 줄은 그도 상상하지 못했다.

용수면, 사실 용수면이라고 하는 것은 쉽게 이야기하자면 수타면의 한 종류다.

몇 번을 치대는 것이냐에 따라 면의 굵기가 달라지는데,

탁룽이 만든 탄탄면도 수타로 뽑은 면발을 사용해 만들기에 용수면이 얼마나 어려운 기술인지 너무도 잘 알고 있었다.

면발 하나만으로도 상대가 되지 않는데, 탁룽이 요리를 하면서 지켜본 수현이 만든 용수면과 조합된 국물에서 느껴지는 향은 자신이 입맛을 자극하기 위해 넣은 향신료의 맛보다 훨씬 뛰어났다.

그 때문에 심사 위원들에게 품평을 듣지 않았어도 자신이 이번 결선에서 졌다는 것을 충분히 느끼고 있었다.

이번 회에 재차 우승을 하게 되면 현재 자신이 운영하는 낡은 시장통의 가게가 아닌 상해 중심가에 번듯한 간판을 건 식당을 오픈하려 했으나 이미 결과를 예측할 수 있는 지금에는 그저 아쉬울 뿐이었다.

사실 그가 천하식신에 나온 이유는 바로 우승 상품 때문이었다.

1회 우승을 하면 상금으로 100만 위안이 주어지고, 2회 우승을 하면 500만 위안과 트로피가, 그리고 최종 3회 우승을 하면 대도시에 식당을 차려준다.

가난한 농군의 아들로 태어난 탁룽은 최고의 요리사가 되어 대도시에서 자신의 식당을 운영하는 것이 꿈이었다.

하지만 아무리 노력을 해도 상해 변두리 시장 구석에 있는 식당을 벗어나지 못했다.

그러다 천하식신이라는 프로그램을 보게 되었다.

요리사라면 누구나 출연을 할 수 있고, 만약 우승을 하게 된다면 기회를 잡을 수도 있어 탁룽과 같은 요리사들에게는 인생 역전 복권과도 같은 프로그램이다.

그런데 이 프로그램에서 우승을 한다는 것은 사실 운이 크게 작용을 한다.

방송이다 보니 누가 어느 정도의 실력을 가지고 나올지는 아무도 예상을 하지 못하기 때문이다.

다행히 그동안은 운이 좋았다.

처음 출전을 했을 때도 그렇고 두 번째 출연을 했을 때도 별로 실력이 대단한 요리사가 나오지 않았다.

사실 천하식신은 이름과 다르게 유명 요리사는 출연을 잘 하지 않았다.

이미 자신들의 이름이나 식당이 널리 알려져 있어 굳이 TV에 출연을 하지 않아도 손님이 많기 때문이다.

그런데다 만약 욕심을 부려 프로그램에 나갔다가 우승을 하지 못한다면 오히려 손해였다.

즉, TV 출연이 그들에게는 계륵과 같은 것이었다.

아니, 계륵이 아니라 복어 요리와도 같았다.

우승을 하면 지금보다 더 큰 명성을 얻으면서 흥행을 할 것이지만, 그렇지 못했을 때는 지금 잘나가고 있는 가게가 망할 수도 있기 때문이다.

그래서 유명 요리사는 더 이상 천하식신에 나오지 않았다.

하지만 그렇기 때문에 탁룽과 같은 요리사가 나와 인생 역전을 꿈꿀 수 있게 된 것이기도 했다.

그런데 오늘은 생각지도 못한 복병이 나타났다.

중국에서 유명한 한류 스타이면서 또 북경과 텐진, 상해, 성도에 큰 식당 프랜차이즈를 오픈한 황찬의 공동 대표이기도 한 수현이 나온 것이다.

처음 그가 요리 대회라 할 수 있는 천하식신에 출연한다는 사실을 들었을 때만 해도 별로 신경 쓰지 않았다.

그저 그런 유명 스타가 무엇 때문에 이런 프로그램에 나오는 것인지 의아해할 뿐이었다.

그런데 나중에 인터뷰를 통해 자신이 공동 대표로 있는 프랜차이즈의 이름을 알리기 위해서 나왔음을 알게 되었다.

유명 스타들이 프랜차이즈를 차리는 것은 이상할 것이 없다.

다만, 그뿐이었기에 탁룽도 놀라긴 했어도 별로 신경을 쓰지 않았는데, 설마 수현이 결선에까지 진출을 할 줄은 상상도 못했다.

말 그대로 프랜차이즈 홍보를 위해 나왔을 것이라고만 예상을 했지, 그가 그렇게 요리 실력까지 뛰어날 것이라고는 아무도 예상치 못했기 때문이다.

더욱이 결선까지 오르는 과정에서 수현이 만든 요리를 맛본 심사 위원들의 평가는 엄청났다.

다섯 명이나 되는 연예인 심사 위원뿐만 아니라 요리사들로 구성된 세 명의 심사 위원들도 수현의 요리를 맛보고는 모두 엄지손가락을 내보였다.

굳이 말로 평을 하지 않아도 될 정도로 맛이 뛰어나다는 표현이었다.

실제로 다른 요리사들이 품평을 받기 위해 내놓은 요리들은 그저 한 번 내지는 두 번 정도만 맛을 보았던 반면, 수현이 내놓은 요리들은 한 명도 빠짐없이 모두 먹었다.

아니, 그뿐만 아니라 남은 요리도 몰려들어 다 먹어버리는 사태가 벌어졌다.

너무도 진기한 장면이었기에 MC인 추자이완도 나중에는 그 대열에 끼어들어 수현이 만든 요리를 먹어보기까지 했다.

그렇게 심사 위원들이 출품된 요리의 맛을 평가하고 있는 동안 수현과 탁롱에 대한 토크가 진행되고 있었다.

"자, 우리가 이야기를 하는 동안 심사 위원님들의 평가가 끝났다고 합니다."

추자이완은 신호가 오자 얼른 멘트를 치며 분위기를 바꿨다.

하지만 이미 결과가 예상이 되기에 이를 지켜보는 어느 누구 하나 긴장된 표정은 없었다.

부스럭.

봉투에 담긴 우승자를 가리는 카드를 확인한 추자이완은 큰 소리로 결과를 발표했다.

"오늘의 우승자는, 톱스타이자 황찬의 공동 대표인 정수현!"

마치 7, 80년대 가요 프로 MC가 1등을 발표하는 것처럼 발표를 하자 무대를 밝히던 조명이 핀 조명으로 바뀌 비치며 수현이 우승하였다는 것을 강조했다.

팡! 팡!

MC의 우승자 발표와 함께 무대에서 폭죽이 터졌다.

와아!

짝! 짝! 짝! 짝!

"감사합니다. 감사합니다."

수현은 담담한 표정으로 자신이 우승자가 되었다는 발표가 나오자 감사 인사를 하였다.

"축하합니다."

수현의 우승을 축하하는 사람들 중에는 함께 경합을 벌였던 탁룽도 껴 있었다.

그는 우승을 하지 못한 아쉬움이 남아 있었지만 이미 수현의 실력이 어떠한지 직접 느꼈기에 원망은 없었다.

"감사합니다."

*　　　*　　　*

"형, 우승 축하해요."

대기실로 들어오는 수현을 본 용근이 환하게 웃으며 우승을 축하했다.

"난 형이 우승할지 이미 알고 있었어."

용근은 무척이나 상기된 표정으로 수현에게 이야기를 하였다.

"고맙다."

"오빠, 역시 내 생각대로 오빠의 요리는 정말 최고였어요. 이젠……."

언제 왔는지 메이링이 대기실로 들어오며 축하 인사를 하였다.

"난 약속 지켰다. 더 이상은 무리다."

수현은 황찬의 홍보를 위해 억지로 스케줄을 조정한 것 때문에 회사에 미안했기에 메이링에게 선을 그었다.

황찬의 홍보를 위해 TV 프로그램에 출연을 한 것은 어디까지나 수현 개인의 일이다.

그런데 킹덤 엔터에서는 그에 관해 어떤 언급도 하지 않았다.

작년 발생한 자신의 스캔들과 기자회견을 통해 일방적으로 한국에서의 활동을 중단하겠다고 발표한 것 때문에 회사가 많은 곤란을 겪었다는 것을 알고 있는 수현으로서는 이번에도 자신의 편의를 위해 아무런 이야기도 하지 않는 킹덤 엔터와 이재명 사장에게 감사하는 마음과 또 한편으로는 미안한 마음도 가지고 있었다.

그러니 점점 욕심을 부리는 메이링에게 어느 정도 선을 그어야 했다.

"네. 아쉽지만 오빠의 말도 일리가 있으니 알겠어요."

메이링은 수현이 선을 딱 긋는 것에 아쉬운 마음이 들지만 어쩌겠는가? 본인이 싫다고 하는데. 동업자의 입장에서 더 이상 그 일에 관해 언급을 할 수는 없었다.

더욱이 수현은 그저 단순한 동업자가 아니지 않는가? 그러니 지금은 물러날 때였다.

"난 이만 가야 할 것 같다. 내일 촬영도 있으니……."

"오빠, 저도 같이 가요."

수현이 작별 인사를 하고 대기실을 나가려 하자 메이링이 자신도 함께 가자고 말을 하였다.

"응? 너 차 안 가져왔어?"

"네. 오빠랑 함께 가려고 돌려보냈어요."

"흠, 그래. 그런데 불편하지 않겠어?"

북경에서 텐진까지는 120㎞ 정도 된다.

그러나 북경과 텐진 사이에는 한국의 KTX와 같은 고속철도가 놓여 있어 불과 30분이면 도착을 한다.

하지만 유명 스타인 수현이 고속철도를 이용한다는 것은

사실상 불가능했다.

아니, 이용하려고 하면 할 수는 있지만 그 혼잡함과 또 중국에서 수현의 인기를 생각하면 자칫 대형 사고가 일어날 수도 있기에 웬만큼 스케줄이 바쁜 것이 아니면 수현은 대중교통을 이용하지 않고 차로 이동을 하였다.

그러니 불과 30분이면 갈 수 있는 거리를 수현은 한 시간 이상 차를 타고 이동을 해야만 했다.

"저 시간 많아요."

메이링은 무엇 때문에 수현이 그런 이야기를 하는 것인지 잘 알기에 웃으며 대답을 하였다.

＊　　　＊　　　＊

"방금 떠났습니다."

북경 TV 정문 기둥 뒤에 있던 남자는 수현이 방송국을 빠져나가는 것을 지켜보다 휴대전화를 들고 누군가에게 보고하였다.

"알겠습니다."

탁.

전화를 마친 남자는 무심한 표정으로 저 멀리 달리고 있는 밴을 쳐다보았다.

그가 보고 있는 차량은 조금 전 수현이 타고 방송국을 나간 밴이었다.

"아쉽네. 연기는 잘했는데……."

뭔가 아쉽다는 표정을 짓던 그는 언제 그랬냐는 듯 금방 아무런 표정도 없는 평범한 얼굴로 돌아가 방송국을 빠져나 갔다.

*　　　*　　　*

탁.

전화 통화를 끝낸 왕푸첸은 붉게 달아오른 얼굴로 자신의 주변에 앉아 있는 이들을 돌아보았다.

총 열한 명의 사내들은 다들 민머리를 하고 있었는데, 하나같이 머리에 검은색 뱀 문신을 하고 있었다.

이들은 북경의 흑사회 조직인 흑사방의 조직원들로 왕푸첸의 의뢰를 받고 나와 있었다.

"30분 뒤면 여길 지나갈 것이다."

왕푸첸은 흑사방 조직원들을 돌아보며 조금 전 통화를 마친 내용을 들려주었다.

지금 왕푸첸과 흑사방 조직원 열한 명이 이 자리에 있는 이유는 바로 수현을 테러하기 위해서였다.

푸얼다이였던 왕푸첸이지만 현재 그의 처지는 완전 끈 떨어진 연과 같은 신세다.

그도 그럴 것이, 몇 달 전 한 가지 사건에 연루가 되면서 그는 완전 죽다 겨우 살아났다.

돈이면 모든 것이 통용되는 중국이고, 또 그가 돈이 많은 푸얼다이라고는 하지만 아무리 그래도 건드려선 안 되는 사람들이 있었다.

권력과 연관이 있는 사람들이 바로 그러한 존재들이다.

그런데 하필이면 그런 존재를 왕푸첸이 건드리고 말았다.

그것도 다른 곳도 아니고, 텐진에서 텐진 시의 시장인 리자준의 딸을 납치하려고 했다.

사실 왕푸첸은 그런 사실을 모르고 평소 행했던 것처럼 클럽에서 술을 마시고 욕구 해결을 위해 헌팅을 했을 뿐이다.

그러다 상대가 받아주지 않자 친구들과 함께 여자들을 강제로 욕보이려고 인적이 드문 곳으로 납치를 시도했다.

하지만 그 시도는 우연히 소리를 듣고 개입한 수현으로 인해 미수로 그치고 말았다.

납치 시도가 미수에 그쳤을 때만 해도 왕푸첸이나 그의 친구들, 그리고 뒤늦게 나타난 왕푸첸의 경호원들이 맞이할 결과는 그리 복잡하지 않았다.

처음 왕푸첸이나 납치에 동조를 했던 그의 친구들은 돈 몇 푼 쥐여주면 끝날 것이라 생각했다.

그깟 돈이야 별 상관은 없지만 체면이 구겨진 것이 더 안

타까워 인상을 구겼다가, 나중에 자신들이 납치하려고 했던 이들이 중국에서 귀족처럼 살아온 자신들보다도 더한 진정한 로열패밀리 관얼다이라는 것을 전해 들었을 때는 하늘이 무너지는 것을 느꼈다.

실제로 왕푸첸이나 납치와 조금이라도 연관이 된 사람들은 그동안 자신들이 약자들을 향해 행했던 것 이상으로 철저히 당했다.

모진 놈 옆에 있으면 날벼락을 맞는다고 했던가. 왕푸첸과 그의 친구들이 저지른 일 때문에 공안과 중앙정부의 조사를 통해 왕푸첸과 그의 친구들 아버지가 운영하는 회사는 공중분해가 되고 말았다.

그도 그럴 것이, 윗물이 맑아야 아랫물도 맑다고 했던 말처럼 자신의 욕망을 주체하지 못하고 거절하는 여성을 납치하려던 그들처럼 그들의 아버지들 또한 떳떳한 경영인이 아니었다.

때문에 조사를 통해 그들의 많은 비리들이 밝혀지면서 법의 심판을 받게 되었다.

그나마 다행인 것은 그동안 많은 곳에 로비를 했던 관계로 목숨은 건질 수 있었다.

그렇다면 정신을 차리고 재기에 힘을 써야 함에도 원래 소인배였던 왕푸첸은 자신의 잘못으로 인해 벌어진 일들에 관해 반성을 하지는 않고 모든 원인을 자신의 일을 방해한

스파이어드

수현에게로 돌렸다.

하지만 중국에서 승승장구하고 있는 수현을 망해 버린 왕푸첸이 어떻게 할 방법이 딱히 없었다.

더욱이 현재 수현의 뒷배로 텐진 시장이 버티고 있는데 어떻게 건들 수가 있겠는가. 실제로 자신의 딸을 구해준 것에 대한 보답으로 수현이 중국에서 활동을 하는 것에 대한 보증으로 자신의 인장이 찍힌 통행증을 발급해 주어 다른 지역으로 이동을 하는 데 전혀 불편하지 않게 도움을 주기도 했다.

중국이란 나라는 보통 국가와 다르게 외국인들이 통행을 하는 데 상당히 불편한 나라다.

중국의 지역을 나누는 성이란 행정구역은 쉽게 말해 독립된 하나의 나라라 봐도 무방했다.

그렇기 때문에 이쪽 성에서 관광을 하고 다른 성으로 이동하려고 하면, 무조건 신고를 해야만 한다.

그렇지 않을 경우 자칫 간첩으로 오인되어 체포를 당할 수도 있었다.

실제로 그런 사례는 상당히 많기에 아무리 유명한 한류 스타라 해도 불편을 감수하고 허가서를 받아 행사를 다녔다.

그런데 그 일이 있고 난 뒤로는 텐진 시장의 보증으로 그러한 불편을 겪지 않아도 되었다.

그렇기에 왕푸첸은 자신이 겪게 된 모든 일의 원인을 자신의 그릇된 욕망이 아닌 수현의 잘못으로 생각해 복수를 하려는 것이다.

그리고 그가 생각해 낸 복수 방법은 다른 것이 아니라 수현을 죽이는 것이었다.

중국은 땅이 너무도 넓다 보니 한 해에도 실종되는 사람의 숫자가 엄청나다.

그중에는 생사가 확인이 되는 사람도 있기는 하지만 거의 대부분은 그대로 묻혔다.

그도 그럴 것이, 너무도 많은 사건이 발생을 하고, 또 산아제한 정책 때문에 자식을 낳고도 미등록된 숫자가 많다 보니 사건이 발생해 현장에서 지문이 나와도 범인을 잡을 수 있는 경우보다 못 잡는 경우가 많아 공안도 사건 해결에 대한 의지가 부족했다.

강력 사건에도 그러한데 실종 사건에는 어떻겠는가? 정부 관계자나 부자들이 연관이 있다면 조금 수사 의지를 보이겠지만, 연예인의 경우 실종이 된 당시에만 잠깐 이슈가 되었다 시간이 흘러가면 흐지부지될 것이 분명했다.

그렇기에 왕푸첸은 돈으로 조폭들을 고용해 수현을 테러하려는 것이다.

관과 연관된 사건 때문에 망해서 재기는 힘들겠지만 그래도 썩어도 준치라고 왕푸첸의 집안에는 아직 상당한 재산이 남아 있어 그가 이런 일을 벌일 수 있었다.

　　　　*　　　　　*　　　　　*

　달리는 차 안, 리메이링은 수현을 보며 물었다.

　"지금 촬영 중인 드라마도 얼마 남지 않았다고 하던데, 어떻게 할 거야?"

　"음, 이번 드라마 끝나면 좀 쉬려고 생각 중이야."

　메이링의 질문에 수현은 별다른 고민 없이 그냥 쉬겠다는 대답을 하였다.

　"쉰다고? 그럼 한국에 가서 쉬는 거야?"

　수현의 대답에 메이링은 눈을 반짝이며 또다시 물었다.

　처음 도움을 받았을 때 이후로 메이링은 수현에게 꾸준히 관심을 보였다.

　하지만 수현은 언제나 한결같았다.

　절대로 무언가 여지를 두지 않기 위해 항상 적당한 거리를 유지했다.

　메이링이 자신에게 관심이 있어 적극적으로 접근하려고 할 때면 더욱 그러하였다.

　물론 그럴수록 메이링이 더욱 안달을 한다는 것은 알고 있지만 어쩔 도리가 없었다.

　한국에서도 메이링처럼 권력자나 상류층의 자제가 호감을 보이며 접근한 적이 있었다.

처음에는 수현도 피 끓는 청춘이고 또 남자이기에 자신에게 호감을 보이는 여성에게 혹하였기에 남들 몰래 비밀 연애 비슷한 것을 해보았다.

그렇지만 결과적으로 더 깊은 관계로 발전하지 못했다.

그들에게는 결혼과 연애는 별개의 문제였던 것이다.

수현은 남녀가 연애를 하다 유대가 깊어지면 결혼을 하는 것이 당연하다 생각을 했지만, 그들은 그렇지 않았다.

그들에게는 수현과의 연애가 단순히 엔조이일 뿐이었다.

결혼 전 잘생긴 남자나 연예인 등과 썸을 타고 연애를 하는 것은 그저 단순한 놀이에 불과했다.

연애는 결혼을 하기 전 평범한 인간으로서의 감정을 느껴보는 기간일 뿐이고 결혼은 그들과 같은 부류의 집안끼리의 비즈니스였던 것이다.

그 안에 결혼 당사자들의 감정은 정말로 별개란 사실을 수현은 뒤늦게 알게 되었다.

처음 그 사실을 알았을 때는 너무도 황당했지만 나중에 몇 번 그런 일을 반복해 경험하다 보니 그런 부류의 사람들이 생각하는 연애나 결혼은 일반인이 생각하는 연애나 결혼과는 별개의 문제란 것을 서서히 깨닫게 되었다.

드라마에 나오는 신데렐라 신드롬은 현실에서는 일어나지 않는, 아니, 세계가 넓고 인구가 몇 십억 명이 되니 전혀 없을 수는 없겠지만 그렇다 해도 확률적으로 제로에 가까웠다.

그렇기에 수현은 이제는 그런 부류의 사람들과는 적당한 거리를 유지하는 것이다.

굳이 결혼을 하지 않더라도 자신이 좋다고 접근을 하는 사람에게 냉대할 필요는 없으니 말이다.

"뭐, 장기간 중국에 있었으니 한국에도 잠시 들르기는 하겠지만 이번에는 유럽으로 여행이나 좀 다녀올 생각이야."

수현은 오래전부터 휴가를 받게 되면 하고 싶었던 것을 떠올리며 대답을 했다.

데뷔 초 호산 갤러리 관장인 최유라와 인연을 맺으면서 시간이 날 때면 종종 갤러리에 미술을 감상하러 갔다.

비록 전문적으로 배운 것은 아니지만 수현은 미술작품에 대해 공부를 하면서 배움에 대한 갈증을 채울 수 있었고, 또 작품을 감상하면서 예술에 대한 감성이 풍부해졌다.

이는 직업이 직업이다 보니 비록 같은 계열은 아니더라도 영향을 미쳤다.

그 때문에 수현은 서양 예술의 본고장이라 할 수 있는 유럽에 가보고 싶은 생각을 꾸준히 가지고 있었다.

하지만 아이돌 그룹인 로열 가드 멤버로서의 스케줄과 또 연기자인 정수현으로서의 스케줄 등으로 그동안 너무도 바빠 따로 시간을 낼 수가 없어 그저 생각만 하고 있었다.

그렇지만 이제는 국내 활동을 하지 않기에 어느 정도 여유가 생겼다.

그래서 이번 드라마를 끝내고 시간이 나면 유럽 여행을 다녀올 계획이었다.

"어? 형, 앞에 장애물이 놓여 있는데요?"

수현과 메이링이 이런저런 이야기를 하고 있을 때, 운전을 하던 용근이 큰 소리로 말을 하였다.

한창 이야기를 나누던 수현은 용근의 말에 고개를 돌려 정면을 보았다.

그런 그의 눈에 도로를 가로지르는 커다란 장애물이 들어왔다.

"저거 누가 일부러 차들이 다니지 못하게 설치해 놓은 것 같은데?"

아무리 봐도 앞에 보이는 장애물은 누군가 어떤 목적을 가지고 설치해 놓은 것이 분명했다.

그도 그럴 것이, 지금 수현이 타고 있는 차가 진행하는 방향은 물론이고, 반대편 차선에까지 가로질러서 차량이 통과하지 못하게 커다란 돌덩이들이 듬성듬성 놓여 있었기 때문이다.

그리고 또 이상한 점은 비록 지금 달리고 있는 도로가 개통한 지 얼마 되지 않아 많은 차들이 이용하지는 않지만 그래도 지금 보이는 것처럼 없지는 않았다.

수현은 문득 누군가 자신들을 노리고 이런 일을 벌인 것은 아닌가 하는 생각이 들었다.

"몇 개만 치우면 지나갈 수 있을 것 같으니 형은 차에서 기다리세요."

용근은 수현의 대답도 듣기 전에 차에서 내려 뛰어갔다.

막 용근에게 경고를 하려던 수현은 때문에 미처 뭔가 이상하다는 경고를 하지 못했다.

＊　　　＊　　　＊

"왔다. 준비해."

왕푸첸은 저 멀리 다가오는 검정색 밴을 보며 소리쳤다.

이에 뒤에서 대기하고 있던 흑사방 조직원들은 도로가 배수로에 몸을 바짝 숨겼다.

끼익.

차가 정지하는 소리가 들렸다.

덜컹.

탁.

다다다닥.

"지금이다."

현장에서 조금 떨어진 곳에서 지켜보던 왕푸첸은 무전기에 대고 소리쳤다.

이에 숨어 있던 흑사방 조직원들이 배수로를 나와 장애물을 치우던 용근과 차를 넓게 둘러쌌다.

"어?"

한참 도로를 막고 있는 장애물을 치우던 용근은 갑자기 나타난 험상궂은 흑사방 조직원들을 보며 깜짝 놀랐다.

"당신들 뭐야?"

용근은 스킨헤드에 검은색 뱀 문신을 하고 나타난 험상궂은 흑사방 조직원들의 모습에 당황해 소리쳤다.

하지만 한국어로 한 질문이었기에 누구도 알아듣지 못했다.

차 안에 남아 있던 수현 또한 용근이 장애물을 치우기 위해 차에서 내리자마자 흑사방 조직원들이 나타나는 모습을 보았다.

"위험할지 모르니 안에 있어."

수현은 자신과 함께 밴에 타고 있던 메이링에게 주의를 주고 얼른 차에서 내렸다.

"你們什么(당신들 뭐야)?"

수현은 차에서 내리자마자 자신들을 포위한 흑사방 조직원들을 보며 소리쳤다.

하지만 흑사방 조직원들은 수현의 질문에도 어떠한 말도 하지 않고 천천히 걸으며 포위망을 좁혀들었다.

이에 수현은 용근에게 소리쳤다.

"용근아, 위험할 것 같으니 넌 차에 들어가 있어라."

"어떻게 형을 두고 저만 그래요."

그랬다. 용근은 스타인 수현을 두고 매니저인 자신 혼자만 안전해 보이는 차로 들어갈 수 없다고 생각해 머뭇거렸다.

"네가 있으면 더 불안해서 그런다. 너 내 싸움 실력 알잖아."

수현은 차분한 어조로 용근을 설득해 차로 보냈다.

"음, 알겠습니다. 그런데 조심하세요. 중국 깡패들은 무척 잔인하다는데……."

수현의 설득에 용근은 차로 들어가면서 작게 중얼거렸다.

한편, 덩치가 큰 용근이 차 안으로 들어가는 모습에 흑사방 조직원들은 눈을 크게 떴다.

분명 자신이 듣기에 차에는 남자 둘에 여자 한 명이 타고 있었다.

그리고 남자 둘의 신분은 한 명은 자신의 타깃인 정수현이란 한류 스타이고, 다른 한 명은 그의 매니저라고 들었다.

그런데 매니저로 보이는 남자가 차 안으로 들어가고 연예인인 스타가 홀로 남아 있다.

이런 기형적인 모습에 그들은 순간 동료들을 돌아보며 고개를 갸웃거렸다.

보통 연예인들은 귀찮은 일이나 위험한 일은 다른 사람들에게 떠넘기고 편안함만을 추구하였는데, 앞에 보이는 자신들이 노리는 이는 전혀 그러지 않았다.

"네가 정수현이 맞나?"

깡패들 중 한 명이 혹시나 싶은 생각에 확인차 물었다.

"맞다. 그런데 그런 것을 물어보는 것을 보니 저 앞에 놓인 장애물은 너희가 한 것인가?"

"맞다. 우리가 그랬다."

"무슨 목적으로 그런 것인가? 혹시 날……."

"맞아. 우리의 목표는 바로 너야."

처음 질문을 하던 남자는 입가에 미소를 지으며 대답해 주었다.

"난 흑사방의 행동대장인 진표라 한다."

사내는 자신의 신분을 밝히며 천천히 수현의 앞으로 걸어왔다.

"네게 아무런 유감도 없지만 의뢰가 들어와서. 마지막으로 할 말은 없나? 들어줄 수 있으면 들어줄게."

진표는 입가에 미소를 지으며 물었다.

이미 다 잡은 물고기나 마찬가지였기에 마치 선심이라도 쓰듯 이야기를 한 것이다.

한편, 차 안에 남아 있던 메이링은 불안한 표정으로 밖의 상황을 지켜보았다.

그녀도 언젠가 이런 뉴스를 본 기억이 있었다.

중국의 조직들이 인적이 드문 도로에서 지나가는 차량을 세우고 사람들을 납치해 장기 밀매를 한다는 뉴스 말이다.

스타라이드

"아빠, 지금……."

메이링은 흑사회 조직원들이 자신이 탄 차를 포위하며 나타났을 때부터 상황을 지켜보다 톈진 시장인 아버지에게 전화를 걸었다.

하지만 구원의 손길이 도착할 때까지 자신들이 과연 무사할 수 있을지 걱정이 되었다.

그도 그럴 것이, 지금 자신들이 멈춰 있는 도로는 북경과 톈진의 딱 중간 지점이었기 때문이다.

시속 100㎞로 달린다 해도 30분은 더 지나야 도착을 할 것이고, 헬리콥터를 타고 온다고 해도 10여 분은 더 있어야 했다.

그 시각이면 아마도 자신과 일행들이 모두 종적을 감추고도 남을 시간일 것이다.

덜컹.

탁.

막 아빠와 전화 통화를 마칠 즈음 차의 문이 열리고 닫히는 소리가 들렸다.

"꺄악!"

순간적으로 들린 문소리에 놀란 메이링이 비명을 지르다 차 안으로 들어온 사람이 험상궂은 깡패들이 아닌 용근이란 것을 알고는 안도의 한숨을 내쉬었다.

"휴. 놀랬잖아요. 그런데 왜 수현 오빠 혼자 두고 들어와요?"

메이링은 매니저인 용근이 깡패들 속에 수현 혼자 남겨두고 돌아온 게 이상해 물었다.

"제가 있으면 방해가 된다고 들어가래요."

"네? 그게 무슨 말이에요?"

메이링은 용근의 대답에 눈을 동그랗게 뜨며 물었다.

상식적으로 방금 한 용근의 대답이 이해가 가지 않았기 때문이다.

매니저란 직업은 스타들의 손발을 들어주는 것뿐만 아니라 위험 속에서 자신이 맡은 스타를 지키는 것까지 해야 하는 직업이라고 알고 있었다.

즉, 최후의 보디가드 역할까지 하는 사람이 바로 스타의 매니저였다.

그런데 아이러니하게도 지금은 그 반대가 되어 있었다.

스타를 깡패들 속에 남겨두고 매니저가 비교적 안전하다고 할 수 있는 차 안으로 들어온 것이다.

"너무 걱정할 것 없어요. 수현 형님이 영화에서만 무술을 잘하는 것이 아니라 현실에서도 싸움 무지 잘하거든요."

지금 상황을 너무 불안해하는 것 같은 메이링을 안심시키기 위해 용근은 수현의 싸움 실력에 대해 언급을 하였다.

"아무리 그래도……."

메이링이 막 용근의 말에 반박을 하려던 때 밖에서 싸움이 벌어졌다.

깡패들이 수현에게 접근하는 모습에 본능적으로 비명을 지르려던 메이링은 순간 할 말을 잃었다.

그도 그럴 것이, 포위하며 접근하던 깡패가 수현이 내지른 발차기에 맞아 날아가는 모습이 보였기 때문이다.

"어?"

"역시 수현 형님이시라니까."

놀라 눈을 동그랗게 뜨며 억눌린 감탄성을 지르는 메이링과 다르게 용근은 마치 신나는 액션 영화를 감상하듯 이야기하였다.

이렇듯 메이링과 용근은 차 안에서 싸움을 시작한 수현의 모습을 지켜보고 있었다.

한편, 수현이 탄 밴을 흑사방 조직원들이 포위하는 모습을 언덕 위에서 지켜보던 왕푸첸은 천천히 언덕을 돌아 내려갔다.

그리고 막 현장이 보이는 곳까지 나온 그는 싸움을 벌이고 있는 수현의 모습을 확인하고는 놀라지 않을 수 없었다.

"어?"

처음 수현에게 당한 날 그도 수현이 싸움을 잘한다는 것을 느꼈다.

무경 특공대 출신인 자신의 경호원 리샤오붕을 간단하게

제압하는 모습을 보면서 왕푸첸은 자신의 복수를 하기 위해선 적은 인원으로는 쉽지 않다고 생각을 해 흑사방에 의뢰를 하였다.

그런데 다수의 깡패들에게 의뢰를 한 선택은 맞았지만 수현의 실력에 대해선 오판을 하고 말았다.

지금 보니 열한 명이나 되는 흑사방 조직원들로도 감당이 될지 가늠이 되지 않았다.

그도 그럴 것이, 현재 벌어지고 있는 상황을 보면 알 수 있었다.

칼과 손도끼를 들고 공격하는 흑사방의 조직원들이었지만 좀처럼 수현을 맞추지 못하고 있었기 때문이다.

"뭐 하는 거야. 똑바로 안 해!"

진표는 자신의 부하들이 밀리는 모습에 고함을 질렀다.

흑사방 행동대장인 진표의 직속 부하들은 북경의 흑사회 조직원들 중에서도 알아주는 실력자들이었다.

깡과 악도 있었고, 또 이들은 조직 내에서 내려오는 무술도 익혔다.

조직의 대형인 홍찐뻬오의 지시로 군 특수부대에서만 전해지는 살인술과 러시아의 특수부대 무술 교관까지 불러와 그들의 살인 무술도 배웠다.

그 때문에 북경 내에서 규모가 작은 편에 속함에도 어느 누구도 흑사방을 무시하지 못했다.

스타라이프

그런 조직원들 속에서도 행동대장인 진표와 그의 부하들이 가장 실력이 좋았다.

그런데도 지금 연예인 한 명에게 밀리고 있기에 화가 난 진표였다.

"이야!"

자신들의 상급자인 진표의 호통에 깡패들은 기합인지 발광인지 분간할 수 없는 소리를 지르며 수현에게 달려들었다.

그렇지만 안 되는 것은 안 되는 것이다.

보통 인간의 신체 능력을 월등히 초월한 초인의 스펙을 가지고 있는 수현에게는 그저 부질없는 몸부림일 뿐이었다.

휘익.

자신의 눈앞을 지나가는 중국식 식칼의 움직임을 지켜보던 수현은 공격을 한 깡패의 명치에 가볍게 정권을 먹여주었다.

퍽.

"우억!"

몸통의 치명적 약점인 명치에 정확하게 공격을 받은 깡패는 외마디 비명을 지르며 제자리에 주저앉았다.

영화를 보면 무술 고수의 주먹 공격을 받은 적이 뒤로 날아가는 장면이 종종 나온다.

하지만 사실 그건 현실과 맞지 않는 장면이다.

물론 불가능한 것은 아니지만 그렇게 멀리 날아가는 펀치

나 발차기를 맞았다면 그 충격은 생각보다 그리 크지 않다.

그게 무슨 말인가 하면, 타격 시 제대로 된 공격이 들어 갔다면 타격을 받은 사람은 그 충격이 몸에 남아 그렇게 많 이 밀리지 않기 때문이다.

반대로 타격을 받았는데 그렇게 멀리 날아간다는 말은 그 만큼 공격이 제대로 이루어지지 않아 밀린 것이다.

처음 수현을 공격했던 사람이 밀린 것도 사실 제대로 힘 이 실리지 않은 공격을 했기에 그렇게 멀리 밀려난 것이지, 만약 수현이 정확하게 타격을 했다면 그 사람은 아마 이승 을 하직하고도 남았다.

그러한 사실을 잘 모르기는 깡패들이나 차 안에서 이를 지켜보는 메이링이나 다들 마찬가지였기에 조마조마한 심정 은 매한가지였다.

"왕빠단."

진표는 추풍낙엽처럼 맥을 못 추는 자신의 부하들을 보며 거칠게 욕을 하였다.

개자식이라 욕을 한 그는 허리춤에 감춰두었던 중식 식칼 을 높이 들고 부하들과 싸움을 벌이고 있는 수현에게로 달 려들었다.

"히야!"

휘익! 휙!

마치 도끼를 휘두르듯 내리치고 또다시 그것을 사선으로

빗겨 올려치는 모습은 결코 단순한 동작이 아니었다.

자신이 배운 무술 동작과 연계한 진표만의 독창적 동작들이었다.

이는 다년간 식칼을 휘두르며 스스로 터득한 그만의 노하우였다.

그렇지만 아무리 오랜 기간 무술을 연마했다고 하지만, 이미 인간의 한계를 초월한 수현의 눈에는 마치 초고속 카메라로 보는 듯 슬로비디오처럼 느리게 보였다.

그러니 진표나 그의 부하들의 공격이 수현의 몸에 닿을 리가 없었다.

지켜보는 사람들이야 깡패들의 공격을 아슬아슬하게 피하는 것처럼 보이지만 수현에게는 이들의 공격이 아무런 위협이 되지 않았다.

차분하게 자신의 앞을 지나가는 공격을 흘리고 빈틈이 보이면 치명적인 급소에 살짝살짝 공격을 가했다.

용근이나 메이링은 수현이 위기 속에서도 깡패들을 한 명씩 차근차근 제압하는 모습에 열광을 했다.

퍽.

쿵.

땡그랑.

홀로 마지막까지 남아 있던 진표는 수현의 공격을 이겨내지 못하고 들고 있던 식칼을 놓치고 바닥에 쓰러졌다.

휘익.

쿵.

수현은 자신을 둘러쌌던 깡패들을 모두 처리하자 차량 소통을 막던 장애물들을 치우기 시작했다.

그리고 자신의 공격으로 도로에 쓰러져 있는 깡패들 또한 한쪽으로 치웠다.

그래야 차가 움직일 수 있기 때문이다.

만약 이곳이 한국이었다면 신고를 하여 경찰이 올 때까지 기다렸을 것이지만, 이곳은 한국이 아니라 중국이었다.

수도인 북경과 가깝다고는 하지만 차로 30분 이상 달려와야 하고 또 중국 공안은 한국의 경찰처럼 출동이 빠르지도 않았다.

한국의 경찰은 신고를 하면 5분 내에 출동을 해야 하지만 중국 공안은 그렇지 않았다.

신고를 받고도 한 시간이 넘도록 현장에 도착하지 않는 경우가 허다했다.

그랬기에 함께 있는 메이링의 안전을 위해서라도 인적이 드문 이곳에서 공안이 도착할 때까지 기다릴 수가 없어 그리한 것이다.

수현은 임시로나마 묶을 만한 것을 찾아 이들의 손발을 묶고 현장을 떠날 생각이었다.

"용근아, 저놈들 묶어둘 만한 거 뭐 없나?"

수현은 도로를 정리하고 밴으로 돌아와 매니저 용근에게 물었다.

"어, 전에 사둔 노끈이 좀 남아 있을 겁니다."

용근은 행사 진행 중 팬들이 과도하게 몰리는 것을 막기 위해 사용했던 노끈이 차에 남아 있는 것이 생각나 그것을 꺼내주었다.

수현은 노끈을 가지고 쓰러져 있는 깡패들을 군에서 배웠던 포박술을 떠올리며 묶었다.

만약 묶은 줄을 풀기 위해 움직이면 오히려 자신의 목을 조르게 만드는 포박술이었다.

그렇게 수현이 포박술로 깡패들을 다 묶고 자리에서 일어나던 때 느닷없이 총성이 울려 퍼졌다.

탕!

〈『스타 라이프』 제10권에서 계속〉